별로 입을 일이 없으니까…… 시간이 좀 걸렸어.
이런 옷은 처음인데…… 어떤가요?

나기리 텐카

유키시로 아리사

맞선 보고 싶지 않아서
억지스러운 조건을 달았더니
동급생이 온 일에 대해서 5

"저, 저기…… 이, 이상, 한가요?

20번, 유키시로 아리사입니다.
투표, 잘 부탁해요.

타치바나 아야카

우에니시 치하루

맞선 보고 싶지 않아서
억지스러운 조건을 달았더니

둥그래진 그의 일에 대해서

5

사쿠라기 사쿠라
일러스트
clear

story by sakuragisakura
illustration by clear

Contents

story by sakuragisakura
illustration by clear
designed by AFTERGLOW

'약혼자'와의 일상

그것은 골든 위크가 지나고 얼마 후……

어느 휴일.

타카세가와 유즈루는 역 개찰구 근처에 홀로 서 있었다.

몇 번이나 손목시계를 보고, 연신 휴대전화를 확인했다.

잠시 후…….

"유즈루 씨."

작고 귀여운 목소리가 들렸다.

유즈루가 돌아보자 귀여운 여자가 서 있었다.

색소가 옅은 갈색 머리카락에 하얀 피부, 비취색 눈동자.

유즈루의 애인이자 약혼자.

유키시로 아리사가 그곳에 서 있었다.

"미안해요, 기다리게 만들어 버려서."

면목 없다는 듯 아리사는 그렇게 말했다.

한편 유즈루는 크게 고개를 가로저었다.

"아니, 나도 지금 막 왔어."

실제로는 조금 기다렸지만, 구태여 그런 말을 하지는 않았다.

양식미라는 것이다.

게다가 10분 정도의 지각에 화낼 만큼 유즈루의 그릇은 작지 않았다.

"아, 그래도……."

문득 어떤 사실을 떠올린 유즈루는 그렇게 중얼거렸다.

한편 아리사는 어리둥절해서 고개를 갸웃거렸다.

"……무슨 일인가요?"

"조금은 기다렸으니까, 보상을 받고 싶네."

유즈루는 그런 말을 했다.

한순간 아리사는 고개를 갸웃거렸다.

유즈루의 의도를 알 수가 없었으니까.

보아하니 화가 난 것은 아니었다.

사죄를 바라는 것도 아니었다.

이 경우, 보상이란 무엇을 의미하는가.

잠시 생각한 뒤, 아리사의 뺨이 어렴풋이 붉게 물들었다.

"……알았어요."

아리사는 그러더니 살며시 유즈루의 어깨에 양손을 얹었다.

그리고 살짝 발끝으로 섰다.

유즈루의 푸른 눈동자에 아리사의 녹색 눈동자가 비쳤다.

유즈루의 눈에 비친 소녀는 부끄러운 듯 눈을 살짝 내리깔았다.

그대로 눈을 감고…….

"응……."

유즈루의 뺨에.

부드러운 그 입술을 댔다.

"……이걸로, 될까요?"

촉촉한 눈동자로 유즈루를 흘겨보듯 바라보며, 아리사
는 그렇게 말했다.

하얀 피부가 새빨갛게 물들어 있었다.

해놓고서는 부끄러워지고 말았나 보다.

"응…… 고마워."

유즈루는 그러더니 가볍게 아리사의 몸을 끌어안았다.

그리고 뺨에 키스했다.

그러자 아리사의 눈빛이 황홀하게 녹아들었다.

유즈루는 그런 아리사의 손을 붙잡았다.

"그럼, 갈까."

"예."

뺨을 어렴풋이 붉힌 아리사는 기쁜 듯 끄덕였다.

※

그리고 오늘의 데이트 무대는 이미 몇 번이나 방문한 적
이 있는 장소.

이른바 종합 오락 시설이었다.

첫 데이트로 간 장소이기도 해서, 두 사람에게 추억이
깊었다.

"옷 다 갈아입었어요."

데이트용 화려한 옷에서 움직이기 편한 복장으로 갈아입은 아리사는 유즈루에게 말했다.

반바지에 티셔츠의 심플한 모습이었다.

머리카락은 드물게도 포니테일로 했다.

"……왜 그러나요?"

"아니, 뭘 입어도 어울리는구나 싶어서."

편하게 움직이는 것을 중시한 복장이지만, 그럼에도 화사하고 귀여웠다.

물론 입고 있는 본인이 귀여우니까 당연하지만.

"추어올려도, 아무것도 안 나온다고요? ……그래서 오늘은 뭘 할까요?"

유즈루의 찬사를 가볍게 흘리며 아리사는 말했다.

다만 희미하게 뺨이 붉게 물든 것은 애교 포인트.

"그러네……."

이미 몇 번이나 이곳에서 놀았다.

다트나 볼링, 배팅 등등 이미 잔뜩 즐겨봤다.

"오랜만에 테니스라도 칠까?"

처음 이곳에 왔을 때는 둘이서 테니스를 쳤다.

그것을 떠올리며 유즈루는 그렇게 말했다.

"그립네요. ……좋아요."

한편 아즈사도 옛날 일을 떠올렸나 보다.

눈가에 살짝 미소를 그리고는 끄덕였다.

바로 라켓과 공을 빌려, 두 사람은 테니스 코트에 섰다.

처음은 가볍게 랠리로 시작했다.

두 사람 사이를 노란색 공이 몇 번이고 오갔다.

"시합 말인데, 몇 회로 할래?"

"그러네요. ……3회로 하죠. 승패가 확실히 나겠죠."

"그럼…… 뭔가 벌칙 게임 같은 거 정할까?"

유즈루가 그렇게 말하자 아리사는 도발적인 미소를 지었다.

"괜찮네요. ……진 사람이 이긴 사람의 부탁을 하나 들어주는 건 어떤가요?"

"좋아. ……이기는 건 나니까."

이기면 또 키스를 받아볼까.

그런 생각을 하며 유즈루는 첫 번째 서브를 쳤다.

지금부터는 사이좋은 커플이라고 해도, 진검승부다.

'진 사람이 이긴 사람의 부탁을 하나 들어준다'라는 보수가 있으니까 더더욱.

그리고 1회전의 결과는…….

"으음……."

"제 승리네요."

유즈루는 아리사에게 승리를 양보하는 결과가 되었다.

땀을 훔치면서도 상쾌해 보이는 아리사에게 유즈루가 물었다.

"전보다 늘었는데?"

"사실은 아야카 씨, 치하루 씨, 텐카 씨랑 몇 번인가 놀았거든요."

아무래도 유즈루가 모르는 사이에 특훈을 했나 보다.

이래서야 진지하게 하지 않으면 진다.

남친으로서의 체면이 걸려 있다.

"다음에도 제가 이길 거예요."

"그럴 수는 없지."

유즈루는 기합을 넣고 2회전에 임했다.

그리고 2회전의 결과는⋯⋯.

유즈루의 승리였다.

승리의 요인은 1회전보다도 긴장감을 가지고 임했다는 것이 하나.

또 하나는⋯⋯.

"체력이랑 근력으로는, 역시나 지지 않으니까."

"좀 치사하지 않나요?"

신체 능력에는 남녀 사이에 큰 차이가 있다.

운동신경이 없는 남자와 좋은 여자라면 전자가 지는 경우는 있겠지만⋯⋯ 다행히도 유즈루의 운동신경은 결코 나쁘지 않았다.

그러니까 승부가 길어질수록 유즈루가 더 유리해지는 것이다.

"3회전도 이기겠어."

"⋯⋯절대로 안 져요."

3회전.

유즈루도 아리사도 서로 양보하지 않는 격전이 벌어졌다.

그리고 마지막으로 승리를 손에 넣은 것은…….

"만세—!"

"뭐……라고?"

아리사였다.

유즈루의 패배는 2회전의 승리로 방심해 버린 탓이었다.

반대로 아리사는 마음을 다잡을 수 있었기에, 유즈루에게 이길 수 있었다.

"그럼 나중에 제 소원, 들어줄 거죠?"

"……뭐, 그래야지. 뭘 하면 될까?"

유즈루가 그리 말하자 아리사는 어렴풋이 뺨을 붉혔다.

그리고 가볍게 주저하고는 입술을 움직였다.

"저, 저기…… 그게…….."

무언가를 말하려고 하는 아리사.

하지만 무언가를 깨달았는지 퍼뜩 놀란 표정을 짓고, 뺨에 손을 댔다.

"……왜 그래?"

"소원은 나중에 이야기할게요."

수건으로 땀을 훔치며 아리사는 그렇게 말했다.

유즈루는 고개를 갸웃거릴 수밖에 없었다.

※

그렇게 즐거운 데이트 시간은 순식간에 지나갔다.

두 사람은 운동복에서 평상복으로 갈아입고 시설을 나섰다.

돌아가는 길, 두 사람은 손을 잡고서 길을 걸어갔다.

"1년 전까지는, 너와 이런 관계가 될 줄은 몰랐어."

툭하니 유즈루는 그런 말을 중얼거렸다.

그 말에 아리사는 쿡쿡 웃었다.

"그건 저도 그래요…… 옛날에는 서로가 어색했죠."

"하하…… 사이좋다는 어필을 하려고 데이트를 갔지."

지금은 사이가 좋은 척을 할 필요는 없었다.

실제로도 사이좋으니까.

"……지금 물어보는 것도 이상한 이야기인데."

"예?"

"당시에는…… 어땠어? 나랑 데이트하는 건."

지금은 일단 제쳐 놓고.

당시의 아리사는 유즈루를 좋아한 것은 아니었을 터.

유즈루가 보기에는 당시에도 나름대로 즐거워하는 것 같았지만…….

"즐겁지 않았다면, 좋아하게 되지는 않았겠죠?"

"아하하…… 뭐, 그도 그런가."

유즈루는 무심코 쓴웃음 지었다.

그리고 수줍음을 감추고자 뺨을 긁적였다.

"아니, 뭐…… 종합 오락 시설 같은 곳에서 노는 건 괜찮았지만, 그게, 수영장이라든지…… 처음에는 싫다고 생각하진 않았을까 싶어서."

"그때는…… 뭐?! 라고는 생각했지만요."

아리사는 어렴풋이 뺨을 붉히고서 말했다.

남자친구도 아닌 남성과 수영장에 가는 것은 조금 허들이 높다.

하지만 실제로 갔다는 것은, 그 허들을 뛰어넘을 수 있었다는 의미다.

"이제 와서 생각해 보면, 말인데요. ……그때부터, 좋아했어요."

"어? ……그랬어?"

유즈루가 생각했던 바로는, 아리사에게서 '연심' 같은 무언가를 느낀 것은 여름 축제 때였다.

수영장 시점에서는 아리사가 호의를 품었다고는 생각도 하지 않았다.

"아뇨, 물론…… 지금 같은 관계가 된다고는 생각도 안 했지만요."

"……안 했지만?"

"그게, 뭐, 멋진 사람이라고."

부끄러운 듯 시선을 피하며 아리사는 그렇게 말했다.

그 뒤 어째선지 조금 화난 표정으로, 살짝 눈을 치켜올리며 유즈루를 흘겨봤다.

"그러는 유즈루 씨는…… 어땠나요?"

"……어땠나요, 라니?"

"제가 말했는데 유즈루 씨는 안 말하는 건, 불공평하잖아요."

그러니까 지금으로부터 딱 1년 전의 시점에서.

아리사를 어떻게 생각했느냐는 이야기였다.

"……그러네."

아리사와 애인이 되었으면 좋겠다고 생각하게 된 것은, 언제였던가.

그것을 다시 생각하면…… 역시나 여름 축제 이후였다.

그렇지만 그보다 전 시점에서 아리사를 이성으로 의식하지 않았던 것은 아니다.

"나도…… 좋아했을지도, 모르겠네."

"했을지도 모르겠다, 인가요."

"아, 아니…… 뭐, 너무 생각하지는 않으려고 했으니까."

아리사는 귀여운 여자다.

그것은 옛날도 지금도 변함이 없다. ……물론 엄밀하게는 지금이 더 귀엽지만.

이런 상대를 이성으로 의식하지 말라는 것은, 조금 무리가 있다.

"……생각하지 않으려고 했다?"

"일단 위장 약혼이라는 관계였으니까…… 너무 생각하면 나중에 아쉬워지겠지?"

유즈루가 그렇게 말하자 아리사는 살짝 입가를 끌어올렸다.

"그래서 결국, 아쉬워지고 말았나요?"

"그런 거겠네."

유즈루는 주저 없이 솔직히 그렇게 대답했다.

아리사의 손을 힘껏 붙잡았다.

"누구에게도 넘기고 싶지 않다고…… 널 원하게 되어 버렸어."

"그, 그런가요."

예상했던 것보다도 강한 말이었을까.

아리사는 살짝 당혹스러운 목소리를 높였다.

"……만약에 말인데요."

"응?"

"제가 싫다고 했다면, 어떻게 했을까요?"

그런 아리사의 물음에 유즈루는 가볍게 웃었다.

"네가 싫다고 해도…… 좋아하게 된 건, 좋아하게 된 거니까. 그렇게 간단히 포기하지는 않아."

"……열심히 제게 구애한다고요?"

"그건 물론이지만."

유즈루의 입가가 자연스럽게 올라갔다.

"온갖 수단을 사용해서, 널 손에 넣겠어."

"그, 그건 또……."

온갖 수단.

그중에는 억지스러운 방법도 포함되어 있다는 것은, 굳이 말하지 않더라도 아리사에게 전해졌다.

"그렇게나 유즈루 씨가 진심이 돼 버리면……."

아리사는 붉은 얼굴로 유즈루를 바라보고.

눈동자를 촉촉하게 적시며.

고혹적인 그 입술을 움직였다.

"저, 도망칠 수 없잖아요."

굳이 말할 필요도 없는 일이지만…….

타카세가와와 아마기, 둘 중 전자의 힘이 훨씬 강하다.

'온갖 수단'을 사용하는 유즈루에게서 아리사가 도망치는 것은 어려우리라.

"놓칠 생각은 없어. ……앞으로도."

한편 유즈루는 농담 같은 말투지만, 진심을 담아 그렇게 말을 했다.

그리고 아리사에게 물었다.

"아니면 도망칠 예정이라도?"

"설마요."

아리사는 고개를 가로저었다.

"저도…… 놓칠 생각은 없다고요?"

그런 부분은 피차일반일 것이다.

유즈루도 아리사도 함께 웃었다.

"뭐…… 위장은 제대로 붙잡혀 버렸으니까."

"적어도 죽을 때까지는 된장국을 만들어 줄게요."

"천국에서도 잘 부탁해."

"천국은…… 뭐, 있다면 말이죠—. ……있을까요?"

"그건 뭐…… 죽어보지 않고서야 모르지."

그런 식으로 두 사람이 천국에 대해서 이야기하는 사이, 아리사의 집 앞에 도착했다.

여기서 이별이다.

"그럼 아리사. 학교에서 봐."

"……잠깐만요."

떠나려는 유즈루의 옷을 아리사는 붙잡았다.

유즈루는 고개를 갸웃거렸다.

"……조금 더 이야길 나누고 갈까?"

유즈루로서도 아리사와 헤어지는 것은 괴로웠다.

조금 더 대화를 나누고 싶다는 마음은 물론 있었다.

……언제까지고 서서 대화를 나눌 수는 없겠지만.

"아뇨, 뭐, 그런 건 아니고요…… 그게, 아직 소원을 말하지 않았잖아요."

"소원…… 아, 테니스 승부 말이지. 응응, 기억해."

까맣게 잊었던 유즈루는 얼버무리듯이 그렇게 말했다.

한편 아리사는 유즈루를 빤히 흘겨봤다.

"정말이지……."

"저기…… 그래서, 뭘까? ……너무 힘들지는 않은 걸로 부탁하고 싶은데."

유즈루가 그렇게 말하자…….

아리사는 어째선지 고개를 돌려 옆을 향했다.

그리고 자신의 뺨을 손가락으로 가리켰다.

"······아리사?"

"그게, 작별의······ 그, 그거예요."

"······그거?"

유즈루가 시치미를 딱 떼며 되묻자 아리사는 얼굴을 새빨갛게 물들이며 다시 정면을 봤다.

"그러니까 작별의 키······."

아리사는 다음의 말을 꺼낼 수가 없었다.

아리사의 입술을 유즈루의 입술이 덮었으니까.

"······?!"

갑작스러운 일에 아리사는 눈을 끔벅거렸다.

그러는 동안에도 유즈루는 양손으로 아리사를 끌어당겨서는 품에 안았다.

유즈루의 코를 데오드란트의 좋은 향기가 간질였다.

온몸으로 아리사의 부드러움과 온기를 맛보았다.

"······잠깐, 유즈루 씨······ 응!"

몸을 비틀고 항의의 목소리를 높이는 아리사의 입술을, 또다시 덮었다.

놓치지 않겠다고 의사표시를 하듯,

힘껏 끌어안고.

그대로 입술을 꽉 댔다.

······시간으로 따지면 대략 20초 정도일까.

유즈루는 간신히 아리사는 풀어주었다.

"이걸로 됐을까?"

유즈루는 목소리만큼은 평온하게.

하지만 얼굴을 붉히며 말했다.

……그 역시도 부끄러운 것이었다.

"……."

하지만 아리사 쪽이 더욱 부끄러웠다.

얼굴을 새빨갛게 물들이며 유즈루를 노려봤다.

"……다음부터는, 한마디라도 하고서 해줘요."

한편 유즈루는 짓궂은 미소를 지었다.

"키스하라고 먼저 말한 건 너잖아?"

"제, 제가 해달라고 한 건, 입술이 아니라, 뺨에……."

항의하는 목소리를 높이는 아리사의 뺨에.

유즈루는 입술을 댔다.

"이걸로 됐지?"

"……하아."

아리사는 얼버무리듯이 크게 한숨을 내쉬었다.

그대로 발길을 돌리고…….

문을 열기 전에, 유즈루를 돌아봤다.

그리고 화난 얼굴로 말했다.

"용서해 줄게요."

"어떤가요? 유즈루 씨."

"응…… 맛있어."

유즈루가 그리 대답하자 아리사는 기쁜 듯 미소 지었다.

"그런가요. 그건…… 다행이네요."

5월 중순의 점심시간.

유즈루는 아리사와 함께 식사 중이었다.

당연히 도시락은 아리사의 사랑이 담긴 도시락이었다.

맛에 대해서는 말할 필요도 없었다.

평소처럼 무척 맛있었다.

다만…….

"……양이 좀 많지 않아?"

나날이 볼륨감이 늘어나는…… 것 같이 느껴졌다.

물론 영양 밸런스는 고려했으니까 고기가 늘어나면 비례해서 채소도 늘어나지만.

"어…… 미안해요. 조금 과하게 만들어 버려서."

유즈루의 물음에 아리사는 조금 부끄러운 듯 뺨을 긁적였다.

아무래도 지나치게 열심히 해 버렸나 보다.

……항상 지나치게 분발한다고 느껴지는 것은 유즈루의 기분 탓이 아니었다.

"하지만 남자라면 이 정도는 먹을 수 있을까 해서…… 그게, 억지로 먹을 것까지는……. 남겨도, 된다고요?"

조금 슬픈 듯 아리사는 그렇게 말했다.

그런 말을 들으니 유즈루는 무어라 대답할 수가 없었다.

"아, 아니…… 이 정도는, 괜찮아."

실제로 먹을 수 없는 양도 아니었다.

다만 다음 수업에서 확실하게 졸릴 뿐.

"뭐, 그래도 다음에는 조금 양을 줄여주면 좋겠는데."

"알겠어요. 주의할게요."

아리사에게 일단 못을 박은 뒤, 유즈루는 다시 도시락과의 격투로 돌아갔다.

이런 양의 닭튀김은 조금 무거운데, 유즈루가 그런 생각을 하고 있었더니…….

"그러고 보니 유즈루 씨. 오늘 HR…… 학원제 내용, 뭘 발표할 건가요?"

"학원제……? 카페 아니었던가?"

아리사의 물음에 유즈루는 고개를 갸웃거렸다.

유즈루의 고등학교에서는 5월 말경, 학원제가 개최된다.

각 반이 무언가 하나, 출품 같은 것을 하는 것이 연례행사였다.

그래봐야 대부분은 귀신의 집이나 음식물 제공, 혹은 연극 같은 것 중에 하나였다.

유즈루의 반은 음식물 제공…… 그러니까 카페 같은 것을 하게 되었다.

"그러니까 그 내용 말이에요. 무엇을 내느냐, 무엇을 테마로 하느냐는 이야기 말이죠. ……괜찮을까요? 아야카 씨는 유즈루 씨한테는 꼭 물어보라고 그랬어요."

무시무시하게도 유즈루네 학급 반장은 아야카였다. (참고로 부반장은 소이치로)

"왜 나한테……."

"유즈루 씨, 레스토랑에서 알바하고 있잖아요. 그러니까 좋은 의견을 들을 수 있을 거라고……."

"레스토랑이랑 카페는, 분명 미묘하게 다른 것 같은데 말이지."

유즈루는 무심코 쓴웃음 지었다.

애당초 유즈루는 홀에서 요리를 나르는 일만 한다.

요리는 물론이고 내부 장식 따위에도 건설적인 의견은 꺼낼 수 없을 것이다.

"뭐, 적당히 생각해 둘까."

"역시 생각하지 않았군요. 애당초 듣기는 했나요?"

"아니, 자고 있었으니까…… 깼을 때는 정해져 있었고."

유즈루는 학원제에는 그다지 흥미가 없었다.

이상한 것만 아니라면 뭐든 좋다, 가능하다면 편한 게 좋다…… 그런 기분이었던 것이다.

"하아─, 뭐, 곤란한 건 유즈루 씨라고 생각하니까 상관 없지만……."

"참고로 아리사는 뭘 생각하고 있어?"

"테마가 정해지면 요리에 대해서 생각하겠다고 전달해 뒀어요."

"……치사한 거 아냐?"

"치사한 거 아니에요. 테마가 정해지지 않으면 메뉴를 정할 수 없는 건 당연하니까요."

확실히 그랬다.

아리사와 비슷한 변명을…… 유즈루는 그렇게 생각했지만, 금세 단념했다.

유즈루는 요리 같은 것은 모른다.

아리사와 달리 도움이 안 되니까…… 아야카는 납득하지 않을 것이다.

"다른 여자들은 어떻게 하는지 알아?"

"텐카 씨는 호러 카페라고 그랬죠. ……솔직히 안 했으면 좋겠어요."

"그러고 보니 유령의 집을 엄청 밀었지……."

아직 포기하지 않았나 보다.

"치하루는?"

"치하루 씨는 수영복 카페라고 하네요."

"욕망을 고스란히 드러내는구나……."

아무래도 같은 반 여자들의 수영복을 어떻게든 보고 싶

은 모양이었다.

자신도 수영복을 입어야만 한다……는 사실은 이해하고 있을 것이다. 그렇게 하면서까지 보고 싶은 것이었다.

남자인 유즈루로서는 찬성……하고 싶은 참이지만, 반대였다.

아리사의 수영복 모습을 많은 사람들의 눈앞에 드러낸다니, 말도 안 된다.

"통과되지 않았으면 좋겠어요. ……아마도 통과 안 되겠지만."

"통과되더라도 허가는 안 나올 거야."

미풍양속의 의미에서 허가가 나올 리가 없다.

일단 이것은 학교의 행사니까.

"참고로 남들한테 이것저것 요구하는 아야카는 어때?"

"아야카 씨는 남장여장 카페로 하자고 그래요."

"……."

"저는 괜찮다고 생각해요."

유즈루는 싫다.

아리사의 남장은 보고 싶지만, 자신이 여장하자는 생각은 들지 않았다.

그런 취미는 없으니까.

노골적으로 얼굴이 굳은 유즈루를 보고 아리사는 쓴웃음 지었다.

"싫은 모양이네요."

"그야, 뭐⋯⋯."

"싫다면 진지하게 대안을 생각해야죠⋯⋯. 그러다가 통과되어 버린다고요?"

"⋯⋯그러네."

여자는 아마 남장에 그렇게까지 저항감은 없을 것이다.

그리고 남자 중에도 여장에 저항감이 없는, 혹은 해보고 싶다 생각하는 인간이 소수이지만 있을 터다. (주로 소이치로 등등)

반 이상이 찬성할 가능성이 있다.

통과될 가능성이 충분히 있었다.

"으─음, 하지만⋯⋯."

잠시 생각해 봤지만 유즈루의 머릿속에는 그다지 좋은 생각은 떠오르지 않았다.

시간을 들여서 진지하게 짠다면 모를까, 지금 바로 만드는 것은 어려웠다.

"저기, 아리사."

"예."

"⋯⋯생각하는 거, 좀 도와주지 않을래?"

부탁합니다!

그렇게 유즈루는 아리사에게 손을 맞대며 부탁했다.

그런 유즈루를 보고 아리사는 작게 한숨을 내쉬었다.

"어쩔 수 없네요⋯⋯."

"고마워, 아리사!"

"빚 하나, 진 거예요?"

아리사는 그러면서 미소 지었다.

※

"옛날 같은 카페라는 테마는 어떨까?"

"그건 어떤 거지?"

"아니, 그러니까 고풍스러운 카페같이……."

"좀 더 구체적으로 말해."

"그건 인테리어를 고풍스럽게 한다든지……."

"그거, 학원제에서 만들 수 있는 거야? 고풍이라는 건 구체적으로는? 애당초 옛날 카페라는 걸 알아?"

HR에서.

히지리는 아야카의 격렬한 힐문에 허둥댔다.

'그렇게까지 따지고 들 건 없다고 생각하는데 말이지―.'

그 대화를 들으며 유즈루는 생각했다.

다만 아야카의 말 자체는 정론이라면 정론이었다.

고풍스러운 카페라니, 그런 시절을 모르는 자신들이 이해할 수 있을 리도 없으니까.

히지리도 그런 부분을 모를 만큼 바보는 아닐 테지만…… 아마도 적당히 떠올린 것이리라.

아야카는 그를 꿰뚫어 본 모양새였다.

'……나도 남 이야기처럼 할 수야 없겠지만.'

다음은 자기 차례다.

"이래서야 히지링은 여장을 할 수밖에 없을까—."

"자, 잠깐만! 차, 찬스를!"

"그건 유즈룽한테 달려 있으려나. 어때? 여장, 남장 카페 이외에 의견은 있어?"

아야카는 갑자기 유즈루에게 화제를 돌렸다.

의견은 없다……고 대답하는 것은 간단하지만, 그렇게 대답하면 높은 확률로 여장, 남장 카페가 되어버린다.

유즈루에게 선택지는 없었다.

"으—응, 아니 뭐, 나는 여장, 남장 카페라도 나쁘지는 않다고 생각하는데?"

유즈루가 그렇게 말하자…….

히지리가 믿을 수 없는 것을 보았다! 라는 표정을 했다.

그리고 아야카 옆에서 서기를 맡고 있던 소이치로가, 간신히 너도 이해했느냐고 그러듯이 끄덕였다.

"그래서?"

아야카는 유즈루에게 이어지는 말을 재촉했다.

"하지만…… 개인적으로는, 그러네, 여장이나 남장이랑 카페가 이어지지 않는 느낌이 들어서."

"이어지지 않는다니?"

"중요한 건 음식물이잖아? 그 부분과 이어지지 않는다고…… 카페의 의미가 없는 것 같지 않아? 여장이나 남장을 하고 싶다면, 연극이면 충분해."

"흐응, 뭐, 확실히 그러네. ……그래서? 대안은 있겠지?"

서두는 충분하니까 빨리 이야기해라.

그러고 싶은 듯 아야카는 유즈루에게 그리 재촉했다.

……처음에 여장이나 남장에 찬성을 표한 것은 거짓말이라고 알아차렸나 보다.

"전통 분위기 카페 같은 건…… 어떨까?"

"흐—응…… 평범하네."

"딱히 진귀한 걸 찾을 필요도 없잖아."

유즈루는 그렇게 말하고는 전통 스타일 카페의 이점을 담담하게 언급했다.

첫째로 테마가 이해하기 쉽다는 것.

내부 장식이나 요리 등등, 방향성을 쉽게 정할 수 있다.

둘째로 서양식보다도 전통식이 차가운 간식의 종류가 풍부하다는 것.

물양갱이나 물만주 등등, 시원한 과자는 인기가 있다.

말차 아이스크림이나 말차맛 빙수 따위를 낼 수 있다면 전통 스타일이라 주장할 수 있다.

셋째로 접객 담당의 복장을 쉽게 정할 수 있다.

어떤 형태이든 일본풍으로 하면 된다.

일본풍 옷 자체는 어디서 빌리면 싸게 가능하다.

넷째로 일반인이 쉽게 받아들일 수 있다.

적어도 여장이나 남장을 하는 것보다는 쉽게 이해해 줄 것이다.

'그리고 뭐, 복장에 대해서는 나나 치하루의 연줄도 쓸 수 있고.'

굳이 말하지는 않았지만 유즈루는 마음속으로 그렇게 중얼거렸다.

본가에서 복장이 일본식이니까, 타카세가 가문은 그런 쪽의 문화보전에는 가문이 전체적으로 힘을 쏟고 있다.

우에니시 가문 역시 마찬가지.

이걸 말하지 않아도 아야카라면 충분히 헤아릴 수 있다.

"그래서, 뭐…… 그런 정도일까?"

유즈루는 딱 3분, 프레젠테이션을 하고는 착석했다.

그리고 유즈루의 의견을 들은 아야카는…….

"흐—응……."

턱에 손을 대고는 무언가를 생각하는 모습을 드러냈다.

그리고 아리사 쪽을 흘끗 보더니 미소를 지었다.

"나쁘진 않은 것 같네."

그러면서 소이치로 쪽을 봤다.

이미 소이치로는 유즈루가 이야기한 내용을 칠판에 적고 있었다.

그리고 그 후에는 치하루가 "떠올랐습니다! 전통 스타일 수영복 카페는 어떤가요? 시원하다고요!!" 등등 바보 같은 소리를 하는 트러블이 있었지만…….

무사히 유즈루의 의견은 찬성 다수로 가결되고…….

'좋아, 여장은 회피했네…….'

유즈루는 내심 가슴을 쓸어내린 것이었다.

※

방과 후.

일본풍 과자나 빙수를 먹을 수 있다는, 평판 좋은 음식점에서, 여고생 넷이 다도회를 벌이고 있었다.

네 사람은 빙수를 먹으며 담소를 나누었지만…….

"그래서, 아리사의 의견은 어느 정도 들어갔어?"

갑자기 그중 하나, 흑발의 여자 타치바나 아야카가 아리사에게 그리 물었다.

"……무슨 이야기일까요?"

동요로 아리사의 손이 떨렸다.

"유즈룽의 프레젠테이션. 다른 사람도 아니고 유즈룽이 진지하게 생각해서 왔을 리가 없을 것 같으니까."

"……그런 일도 있지 않을까요? 전통 스타일이라는 아이디어도 타카세가와 가문답지 않나요?"

"그럴지도 모르겠지만 말이지? 유즈룽이…… 과연 요리나 과자에 대해서 언급할 수 있을까 싶어서."

아야카의 추궁에 아리사가 항복이라는 듯 양손을 들었다.

"……유즈루 씨, 신용이 없네요. 뭐, 확실히 제가 생각했어요. ……대부분."

실제로 아리사는 '전통 스타일 카페로 할 수 있다면 멋질지도?'라고 내심 생각하기도 했다.

그래서 유즈루가 의견을 청한 것은 마침 좋은 기회였다.

……스스로 발표할 수 있을 만큼, 아리사는 자신의 프레젠테이션 능력에 자신이 없었던 것이다.

"하지만 뭐라고 할까…… 스피치 내용을 생각한 건 유즈루 씨라고요?"

"그건 뭐, 그렇겠네."

그러면서 아야카는 작게 어깨를 으쓱였다.

그런 아야카를 보고 아리사는 의문을 입에 담았다.

"그런데…… 아야카 씨. 그러는 당신은 얼마나 진심으로 남장, 여장 카페를 하자고 생각했나요?"

"……그건 무슨 의미일까?"

"진심으로 할 생각이었다면, 유즈루 씨랑 조금 더 논의를 나누지 않았을까— 싶어서."

유즈루의 의견에 아야카는 놀라울 정도로 반론을 하거나 따져들지 않았다.

오히려 유즈루의 의견이 나온 뒤에는 자신의 주장을 거둔 것처럼 보였다.

"뭐, 반반이라고 해야겠네."

"반반?"

"제대로 된 의견이 나오면 뭐든 괜찮겠지 싶었거든. ……제대로 된 의견은 유즈루만 내놨지만 말이지?"

아야카는 그러면서 텐카와 치하루를 봤다.

두 사람은 울컥한 표정을 지었다.

"호러 카페는 나쁘지 않잖아. 피 웅덩이 빙수라든지, 멋지다고 생각해."

"수영복이 여름다워서 좋아요!"

"이런 이야기뿐이었는걸. 히지링은 중요한 내용이 전혀 없고……."

한숨과 함께 아야카는 어깨를 으쓱였다.

"처음부터 아야카 씨가 제대로 된 의견을 내놓았다면 되는 거 아닌가요?"

"그대로 내 의견이 통하면, 내가 독재하는 것 같잖아?"

아야카는 반장이다.

그녀의 역할은 사회자로서 반의 의견을 모으는 것이지, 자신의 생각을 관철하는 것이 아니다.

"그러니까 이상한 축에 들어가는 내용을 내놓을까 했어. 이것 참—, 정말로 이상한 것들만 나올 줄은 몰랐지만 말이지?"

"그러네. 수영복은 아무리 그래도 너무해."

"그러네요. 호러는 애들이 운다고요."

그리고 텐카와 치하루는 서로를 노려봤다.

"물론 나로서는…… 아리사한테 집사 복장, 유즈룽한테 메이드 복장을 입히는 것도 재미있겠다고 생각한 것도 사실이지만."

"메이드 복장의 유즈루 씨인가요—."

살짝 보고 싶다.

그렇게 생각한 아리사는 유즈루에게 아이디어를 제공한 것을 아주 조금 후회했다.

"아─아, 수영복…… 수영복 보고 싶었는데. 아야카 씨와 아리사 씨와 텐카 씨의……."

"너 말이지…… 어쩌다가 잘못되어서 자기 의견이 통과되었다면, 본인도 수영복을 입는다는 거 알아?"

한편 미련이 가득한 치하루에게 텐카는 어이없다는 표정으로 그렇게 물었다.

텐카의 감각으로는, 실내에서 수영복을 입는 것은 물론이고 그것을 불특정 다수에게 노출한다니 있을 수 없는 일이었다.

"당연하죠. 수영복을 봐도 되는 건, 본인도 입을 각오가 있는 사람뿐이에요."

"……노출증이라도 있어?"

"그렇게 진심으로 기겁하지 마요. ……저도 쇼크라고요?"

치하루는 얼버무리듯이 말했다.

그녀 역시도 좋은 집안의 따님이었다.

최소한의 분별력은 있다……고 믿고 싶은 참이었다.

"수영복이라면 여름에 얼마든지 보여줄게, 치하루."

"정말인가요?"

"응응. ……아리사도 텐카도, 같이 바다에 가자! 괜찮아, 꺼림칙한 생각은 전혀 없으니까!"

"저도 전혀 없어요! 같이 가요!!"

꺼림칙한 생각밖에 안 느껴지는 아야카와 치하루의 말에 아리사와 텐카는 애매하게 끄덕였다.

갈 수 있으면 가겠다, 두 사람은 그렇게 대답했다.

"하아, 소극적이네요. ……소이치로 씨랑 유즈루 씨, 히지리 씨는 갈 거라고 생각하는데요?"

"음…… 나만 따돌림당하는 건 싫지……."

치하루의 말에 텐카는 조금 마음이 움직인 모양이었다.

한편 아리사는…….

"남의 약혼자를 멋대로 꾀어내지 말아요."

울컥한 표정으로 그렇게 말했다.

그러자 치하루는 즐겁게 웃었다.

"어, 좋네요! 질투하는 아리사 씨! 귀여워요!!"

"하아, 정말이지……."

아리사는 무심코 한숨을 내쉬었다.

조금이라도 질투심을 품은 자신이 바보 같았다.

"……그러고 보니 하나, 확인하고 싶은 게 있어서요."

"……흠, 뭐죠?"

"유즈루 씨와 치하루 씨가 옛날에 약혼자 후보였다는, 그런 이야기를 들었는데요……."

치하루가 유즈루에게 아무런 생각도 없다는 사실을 아리사는 당연히 알고 있었다.

하지만…….

왜 감추고 있었는가? 그런 생각이 전혀 없지는 않았다.

그런 답답한 마음을 풀고자 아리사는 치하루에게 그리 물었지만⋯⋯.

"⋯⋯⋯⋯글쎄요?"

막상 치하루는 어리둥절한 표정으로 답했다.

턱에 손을 대고서 고개를 갸웃거렸다.

"저랑 유즈루 씨가⋯⋯? 으, 으──응⋯⋯."

"저기, 치하루. 그거야, 아마도. 치하루네 큰어머니가 미국으로 가버리기 전에⋯⋯."

"⋯⋯아!! 그렇군요!! 생각났어요. 그런 이야기가 있었다고, 확실히 들은 적이 있어요."

치하루는 가볍게 손뼉을 짝 쳤다.

그리고 자신을 빤히 바라보는 아리사에게 변명하듯 말했다.

"아, 아니⋯⋯ 정말이라고요? 그보다도, 애당초 계획 단계에서 허사가 된 모양이고요. 약혼자 후보라니, 딱히 거창한 것도 아니에요."

"흐──응, 그런가요. ⋯⋯뭐, 확실히 유즈루 씨도 그렇게 이야기했어요."

잊고 있었을 뿐.

그런 치하루의 주장을 아리사는 믿기로 했다.

어쩐지 치하루라면 충분히 있을 법했으니까.

"그런데⋯⋯ 어째서 허사가 됐지?"

이때, 몸을 내밀듯이 텐카가 물었다.

이 의문에 치하루는 어깨를 으쓱이며 대답했다.

"선대…… 저희 큰어머니가 미국인에게 구애를 받아서 미국으로 가버렸거든요. 그래서 저희 어머니가 가문을 잇고, 겸사겸사 저도 시집을 갈 수 없게 된 거예요."

"그럼…… 그 미국인이 없었다면?"

"아니―, 어차피 그 이야기는 무리였다고 생각한다고요? 저희 할머니는 타카세가와 가문을 아직도 싫어하는 모양이니까요. 타카세가와의 노공(老公)도 우리 집, 싫어하는 것 같던데요?"

이런저런 의미에서 지나치게 성급한 이야기였던 거예요.

치하루는 그렇게 총평했다.

그리고 치하루는 아리사 쪽을 봤다.

"어―, 하지만…… 그러네요. 저는 딱히 타카세가와 가문은 싫어하지 않으니까요. 그럴 수 있었을지도 모르겠네요."

"……무슨 의미인가요?"

아주 살짝.

정말로 아주 살짝 경계심이 강해진 아리사에게…….

치하루는 미소를 지으며 말했다.

"아니, 그게, 제 아이랑 유즈루 씨 아이 말이에요."

"……농담이라도 그만하지 않을래요?"

"어, 그렇게나 화낼 일인가요……?"

진심으로 아리사가 화를 내기 시작하자 치하루는 곤혹

스러운 표정을 지었다.

이 상황에 조금 당황한 모습으로 아야카가 끼어들었다.

"치, 치하루! 그럼 유즈룽이랑 치하루 사이에서 나온 아이같이 들린다고!"

"예? 아, 아아! 미안해요, 실례했어요. 표현이 좀 잘못되었네요."

"……?"

아무래도 치하루가 말하고 싶었던 것은 아리사가 받아들인 내용과 조금 다른가 보다.

고개를 갸웃거리는 아리사에게 치하루는 꾸벅꾸벅 머리를 숙였다.

"아니, 미안해요. 확실히 표현이 좀 그랬어요. 화내는 것도 당연하겠죠. 제가 말하고 싶었던 건…… 저와, 아리사 씨의 아이 이야기에요."

"……여자 사이에서는 아이는 안 생길 것 같은데요."

아리사는 경계와 곤혹스러운 기색을 드리웠다.

유즈루를 빼앗기는 것은 불쾌하지만, 그렇다고 해서 치하루의 욕망이 자신에게 향하는 것도 사양하고 싶은 이야기였다.

"아니, 최근의 과학을 구사하면…… 아니, 그런 이야기가 아니고요."

어흠, 치하루는 헛기침을 했다.

"어―, 그러니까 말이죠. 유즈루 씨와 아리사 씨의 아이랑, 제 아이를 결혼시킨다는 이야기라면, 실현 가능성이 높은 이야기가 아닐까— 생각하거든요."

그 무렵에는, 그렇죠?

우리 조부모도 천국에 있겠죠? 반대할 사람도 적지 않을까요?

그런 말을 건네는 치하루.

한편 아리사는…….

"저, 저랑, 유, 유즈루 씨의, 아, 아이라니! 그, 그건……!"

얼굴을 새빨갛게 물들이고서 굳어 있었다.

그리고 고개를 크게 좌우로 몇 번이고 가로저었다.

"아, 안 돼…… 안 돼요!! 그런 거!! 고등학생이…… 부, 불결해요!!"

수줍어하는 아리사를 보고…….

아야카와 치하루는 얼굴을 마주하고는 히죽 미소를 지었다.

"아니—, 하지만, 어떨까? 유즈룽 쪽은…….″

"의외로 슬며시 준비하고 있을지도?"

"아, 안 돼요…… 그, 그런 건, 조금 더 다, 단계를 밟은 다음에…….″

"단계? ……아리사가 생각하는 단계는, 어떤 거야?"

"뭘 어떻게, 받고 싶은 건가요?"

아리사를 놀리기 시작하는 두 사람.

허둥지둥하는 아리사.

그런 세 사람을 보고 텐카는 한숨을 내쉬었다.

"……가게 안에서 그런 이야기는 좀 그만해 달라고."

※

그리고 며칠 뒤의 방과 후.

목재에 못을 박고 있는 유즈루에게 소이치로가 말을 걸었다.

"귀찮다고 그러던 것치고는 성실하게 참가하고 있잖아."

솔직하지 못한 녀석.

그렇게 말하고 싶은 듯, 소이치로는 히죽히죽 미소를 지었다.

유즈루는 작게 어깨를 으쓱였다.

"내가 귀찮다고 생각하던 건 학원제 그 자체니까."

"흠, 그렇다면?"

"접객 담당한테 이상한 코스프레를 시키거나, 연극에서 무언가 역할을 맡게 되는 게 싫을 뿐이야."

"준비는 그렇게까지 싫지는 않다고?"

"머리를 안 써도 되니까."

유즈루는 그러면서 못을 박았다.

못이 목재 안으로 들어가는 것은 보고 있으면 조금 기분이 좋다.

"그런 소리를 하면서…… 사실 조금 즐거워진 거 아냐?"

"……뭐, 부정하진 않을게."

학원제라는 것은, 학원제 그 자체보다 준비가 더 즐겁다.

그것은 아마도 많은 학생들에게 공통되는 이야기일 것이다.

일반적인 학생……이라고 할 수 있을지는 모를 유즈루이지만——약혼자가 있는 고등학생은 일반적이라고 할 수 없을지도 모르겠지만——, 그런 부분의 감성에서는 비교적 일반적이라 자인하고 있었다.

그래서 유즈루도 열심히 한다고는 못 해도 나름대로 준비에 공헌하고 있었다.

"그러는 너는 조금은 뭔가, 하는 게 어때?"

"나는 부반장이니까. 너희가 농땡이를 부리지는 않는지 감시할 임무가 있거든."

"……귀찮은 것뿐이잖아?"

"부정하진 않을게."

소이치로는 그러면서 유즈루 옆에 앉았다.

그리고 적당한 도구를 손에 들었다.

……손에 들기만 했다.

일을 하는 척한다는 녀석이었다.

그리고 마침 유즈루도 눈앞의 일을 끝내 버렸다.

"최근에 아리사 씨하고는 어때?"

"……어떻다니?"

"어디까지 갔어?"

"······키스까지."

"입술이야?"

"······뭐, 그런데."

유즈루가 그렇게 대답하자 소이치로는 만족스럽게 끄덕였다.

"제대로 나아가고 있구나."

"······깔보는 시선으로 보지 마. 짜증나."

"하지만 내 조언 덕분이기도 하잖아?"

"······아니, 전혀 아닌 건 아니지만."

아리사와 입술 키스를 한 것은 온천 여행 때.

그 전에 소이치로와 히지리에게 조언을 들은 것은 다소나마 힘이 되었다.

그렇지만 '내 공적이다'라며 가슴을 펴고 말할 수 있을 정도는 아니겠지······.

그렇게 생각하며 유즈루는 물통에 입을 대고······.

"다음은 깊은 쪽이겠네."

"쿨럭."

갑작스러운 소이치로의 말에 유즈루는 그만 물을 뿜었다.

"갑자기 무슨 소릴······."

"딱히 갑작스러운 이야기도 아니잖아. 얕은 쪽을 끝냈다면, 다음은 깊은 쪽이야. ······벌써 했어?"

"설마!"

유즈루는 고개를 크게 가로저었다.

깊은 쪽…… 요컨대 혀를 넣는 그런 키스는 안 했고, 애당초 할 수 있을 분위기도 아니었다.

"애당초…… 그렇게까지 할 의미가 있을까?"

손을 잡는다.

키스한다.

그 정도라면 연인으로서 사랑을 확인하는 스킨십 행위로서 유즈루도 필요하다는 느낌이었다.

하지만 거기까지 가버린다면…… 어쩐지 그냥 스킨십 행위로 그치지는 않겠다는 느낌이 가시지를 않았다.

유즈루 안에서는 '더더욱 앞'으로 나아가기 위한 전 단계 같은 위치였다.

그리고 그것은 아무리 그래도 지나치게 빠르지 않느냐고도, 유즈루는 느꼈다.

"뭐야, 하고 싶지 않아?"

"아, 아니…… 딱히 그런 건 아닌데……."

"하고 싶다면 의미는 있잖아."

유즈루와 아리사는 애인 사이이고, 약혼자 사이이고, 장래의 파트너.

파트너라고 해서 뭐든 해도 되는 것은 아니고, 친한 사이에도 예의라는 것이 있다지만…….

그렇다고 서로 지나치게 조심하거나 배려만 하는 것은 좋지 않다.

적어도 한쪽에게 의욕이 있다면, 다른 한쪽에게 그 의욕을 전해야 한다.

소이치로는 그렇게 이야기했다.

"하지만…… 어떻게, 해야 하는 거야?"

"어떻게라니?"

"아니…… 깊은 쪽으로 하자고 그런다고 시작할 수 있는 것도 아니잖아."

솔직히 유즈루는 아리사와 '깊은 쪽'을 하는 자신을 그릴 수가 없었다.

엄밀하게는 아리사가 그에 응해주는 것을 상상할 수 없었다.

다소 익숙해졌다고는 해도, 가볍게 입술을 겹치는 것만으로도 부끄러워하는 것이 아리사였다.

갑자기 그런 일을 했다가는 죽어버리지는 않을까, 유즈루는 생각했다.

"그건 분위기에 따라 다르겠네."

"분위기인가……."

"야한 분위기라면, 할 수 있지."

"……부탁하면 승낙해 준다고?"

혀를 넣어도 돼?

그런 말이 유즈루의 뇌리를 스쳤다.

"넌 바보냐."

유즈루의 말에 소이치로는 어이없다는 표정을 지었다.

"그런 소릴 입 밖에 냈다가는 분위기 깨지잖아. 천 년의 사랑도 식겠다."

"그, 그런가……? 하지만 아무 말도 안 하고 그런 걸 했다가는, 화를 내지 않을까?"

"화를 내지 않을 타이밍을 노리는 거야."

"그, 그렇군……?"

듣고 보니 아리사도 기분이 좋을 때와 나쁠 때가 있고, 넘어갈 것 같은 때와 그렇지 않은 때가 있다.

소이치로의 말은 그런 '타이밍'일 것이다.

이해할 수 없는 이야기도 아니었다.

……실제로 간파할 수 있을지는 별개로 치고.

그런 대화를 나누고 있는데…….

"타카세가와 군, 사타케 군…… 잠깐 괜찮을까?"

누군가 말을 건넸다.

돌아보니…… 같은 반 여학생이 있었다.

아리사 같은 수준의 여자와 비교하면 아무래도 뒤처지지만…….

그래도 그럭저럭 귀여운 부류에 들어가는 여자였다.

"목재를 나르고 싶은데…… 조금 무거워서."

유즈루와 소이치로는 서로 얼굴을 마주 보고…….

""물론이지!""

함께 끄덕였다.

※

통통, 통통…….

"고마워, 둘 다!"

"미안해, 이런 걸 시켜서."

탕탕, 탕탕!!

"아니, 신경 쓸 것 없어."

"우리가 옮기는 편이 빠르니까."

쾅!!

"잠깐만, 아리사 씨. 힘이 너무 들어갔어요…….."

힘차게 쇠망치로 못을 박는 아리사에게 치하루가 주의를 줬다.

"아, 미안해요."

아리사는 사죄하고 또다시 못을 치는 작업으로 돌아갔지만…….

"그러고 보니 타카세가와 군, 레스토랑에서 알바하고 있댔지?"

"뭐, 그런데."

"그럼 접객은 완벽하겠네! 부탁해도 될까?"

"뭐, 내가 가르쳐 줄 수 있는 내용이라면…….."

자연스럽게 아리사의 손에 실린 힘이 강해졌다.

그런 아리사를 보다 못하겠는지 치하루는 한숨을 내쉬었다.

"아리사 씨…… 위험하니까, 질투를 하든지 작업을 하든

지 둘 중 하나만 해줘요."

"지, 질투라니…… 무, 무슨 이야기일까요?"

아리사의 목소리가 동요로 떨렸다.

그렇다, 아리사는 질투하고 있었다.

유즈루와 같은 반 여학생들의 대화가 신경이 쓰여서 참을 수가 없는 것이었다.

"남자란 저런 거라고요? 괜히 신경 쓰는 사람이 지는 거예요."

"……."

아리사는 무심코 미간을 찌푸렸다.

유즈루를 '저런 것'의 범주에 넣은 것이 조금 불쾌했다.

하지만 실제로 유즈루가 자기 이외의 여자와 친근하게 대화를 나누고 있는 것도 사실이었다.

"객관적으로 봐서 아리사 씨가 얼굴도 가슴도 엉덩이도 더 위예요. 괜찮아요."

"용모만큼은 이긴다는 식의 표현은 그만해요. ……그리고 딱히 걱정하는 거 아니에요."

아리사는 같은 반 여학생에게 유즈루를 빼앗긴다고는 조금도 생각하지 않았다.

물론 그런 불안이 전혀 없다고 그러지는 않겠지만…….

하지만 같은 반에 자신을 위협할 법한 존재가 있다고 생각하지는 않았다.

"그럼 뭐가 신경 쓰이는 건가요?"

"······그냥 답답할 뿐이에요."

"글쎄요? 답답하다고요."

"조금 칭찬을 받은 정도로, 추어올리는 정도로 헤실헤실 하는 게, 뭐라고 할까······."

우물우물 아리사는 입을 움직였다.

좋은 표현을 찾을 수 없어서 머뭇거리고 있었더니······.

"아······ 그러니까 화가 났다는 거군요?"

치하루는 그렇게 알아차렸다.

그렇다, 아리사의 마음에 드리운 감정은 분노였다.

하지만 아리사는 그것을 인정할 수 없었다.

"아니, 딱히······ 아무리 그래도 그 정도로 화가 나지는 않아요······."

유즈루는 딱히 바람을 피우는 것도, 그 무엇도 아니다.

그저 여자를 조금 도와주고, 그에 대해서 대화를 나눌 뿐이다.

도와 달라고 하면 안 도와 줄 수도 없을 테고, 같은 반이 니까 대화 정도는 나눈다.

결코 이상한 일이 아니다.

그 정도 일로 흠을 잡는 것은 아리사가 도량이 좁다는 증거다.

아리사로서는 인정하기 힘든 부분이었다.

"하지만 짜증을 내고 있잖아요."

"······으음."

그러나 실제로 아리사가 느끼는 '답답함'의 정체는 유즈루에 대한 분노였다.

'도와줄 거라면 절 도와줘도 되잖아요. 애당초 목소리가 들리는 거리에서 저 말고 다른 여자한테 헤실헤실하다니…… 저한테 충분히 의심받을 일이라 생각한다고요? 아니면 저 따윈 신경 쓰지도 않나요? ……이 정도는 확실히 바람이 아닐지도 모르겠지만. 하지만, 바람을 핀다고 의심받을지도 모른다…… 정도는 생각해 달라고요…….'

벌을 받을 일은 아니다.

그렇게 생각하면 생각할수록 유즈루에 대한 불만이 솟구쳐 올라왔다.

아리사는 작게 한숨을 내쉬었다.

"저…… 질투가 심한 걸까요? 아니면 자신이 없어서 그런 걸까요?"

"허어―, 어떨까요? 하지만 그걸 포함해서 전부 아리사 씨잖아요?"

"그건 그렇지만…… 개선할 수 있다면 하는 편이……."

"인간의 본성은 바꾸려고 해도 바꿀 수 없어요. 참을 수는 있을지도 모르겠지만."

치하루는 어깨를 으쓱였다.

참는 것은 심신에 좋지 않다는 게 치하루의 생각이었다.

"그럼…… 어떻게 하면 되나요?"

"솔직하게 말하면 되잖아요."

"……이런 일로 화를 냈다가 미움을 받진 않을까요?"

유즈루는 바람은 피운 것도, 딱히 무엇도 아니다.

그저 아리사 이외의 여자와 대화를 나누고 있을 뿐이다.

무엇 하나 잘못하지 않았다.

부조리하게 화를 낸다면 유즈루라도 틀림없이 짜증을 낼 것이다.

"그건 그러네요. 화를 낸다면 싫다고 느끼겠죠."

"그러면……."

"문제는 전하는 방식, 말하는 방식이에요. 화내지 말고 화가 났다는 사실을 전하는 거예요."

"……그렇군요."

화내지 말고 화가 났다는 사실을 전한다.

모순되는 것 같지만, 그러나 아리사는 치하루가 무슨 말을 하고 싶은지 알 것 같았다.

"그리고 귀엽게요. 기왕이면 긍정적인 평가까지 가져가자고요."

"그건…… 어떻게요?"

"그걸 생각하는 건 아리사 씨가 할 일이겠죠?"

치하루는 그러면서 웃었다.

"그게 말이죠, 유즈루 씨가 아리사 씨의 어떤 부분을 좋다고 생각하는지…… 그걸 가장 잘 아는 건 아리사 씨잖아요?"

유즈루가 같은 반 아이들과 대화를 나누며 느긋하게 작업을 하는 사이에, 어느샌가 HR 시간이 되었다.

　　그리고 방과 후에는 부 활동에 가는 것도, 남아서 학원제 작업을 하는 것도, 돌아가는 것도 자유다.

　　"타카세가와 군은 방과 후에 어떻게 할 거야?"

　　같은 반 여학생이 그렇게 물었다.

　　유즈루는 잠시 생각했다.

　　원래 유즈루는 그렇게까지 학원제에 열심히 할 생각은 없었기에 방과 후가 되면 돌아갈 생각이었다.

　　하지만 지금은 조금 더 참가해도 되겠다는 기분이었다.

　　그리고 다행스럽게도 오늘 아르바이트 예정은 없었다.

　　"그러네……."

　　잠시 남아서 작업할 생각이다.

　　유즈루가 그렇게 대답하려던…… 그때였다.

　　"유즈루 씨."

　　누군가 말을 걸었다.

　　돌아보니 아마포색 머리카락의 미소녀, 아리사가 있었다.

　　"오늘 방과 후…… 카페 메뉴를 고안할 생각인데, 같이 갈 수 있을까요?"

　　요컨대 시식 담당을 맡아달라는 이야기일 것이다.

　　그렇게 판단한 유즈루는 받아들였다.

"응, 알겠어. ……오늘은 바로 돌아갈게."

"그렇구나."

유즈루의 대답에 여학생은 납득했는지 고개를 끄덕이고 그 자리에서 떠났다.

……그 여학생과 아리사의 시선이 마주쳤다는 사실을, 유즈루는 마지막까지 깨닫지 못했다.

HR이 끝나고.

"그럼 가죠, 유즈루 씨."

"응."

유즈루는 아리사와 함께 학교를 나섰다.

그리고 잠시 후, 아리사는 유즈루의 손을 꼬옥 잡았다.

"그래서…… 학원제 메뉴였나? 이제부터 어떻게 하지?"

유즈루가 그렇게 묻자 잠깐의 침묵 후에 아리사는 고개를 가로저었다.

"……그건 거짓말이에요."

거짓말이라니 무슨 이야기일까.

유즈루는 무심코 고개를 갸웃거리고 이유를 물어보려고 했지만…….

갑자기 윗팔을 꽉 누르는 부드러운 감촉에 그런 의문은 날아갔다.

"……저기, 아리사?"

"왜요, 유즈루 씨."

아리사는 유즈루의 팔을 끌어안으며 되물었다.

아리사의 블라우스를 크게 밀어올린 두 언덕이 유즈루의 팔에 딱 닿아 있었다.

걸을 때마다 작은 진동과 부드러운 감촉, 아련한 체온이 전해졌다.

"아니…… 닿고 있는데."

"……뭐가, 말인가요?"

"그게, 가슴이."

하복이기도 해서 그 융기의 감촉은 조금 생생했다.

"……닿고 있으면 뭐 어때요."

아리사는 그러면서 유즈루의 얼굴을 올려다봤다.

아주 살짝 아리사의 얼굴은 붉었다.

부끄러워하는 것은 명백했다.

하지만…….

'……어라? 혹시, 화났나?'

딱히 근거는 없지만 유즈루는 아리사에게서 그런 분위기를 느꼈다.

"……유즈루 씨. 오늘은 조금, 쓸쓸했어요."

"……쓸쓸했어?"

"저랑 대화를 나누지 않았잖아요."

"저기…… 그랬, 던가?"

유즈루는 무심코 고개를 갸웃거렸다.

오늘, 등교는 아리사와 함께했다.

점심은 확실히 오늘은 소이치로랑 히지리와 같이 먹었으니까 아리사와 함께하지는 않았지만…….

하지만 쉬는 시간 등등, 싱거운 대화는 나누었다.

적어도 아리사와 아예 대화하지 않은 것은 아니었다.

평소와 같았다.

……아무리 그래도 학교에서 공공연히 알콩달콩할 수는 없었다.

"……준비 시간 말이에요."

살짝 울컥한 표정으로 아리사는 그렇게 말했다.

그렇구나, 유즈루는 수긍했다.

확실히 학원제 준비 때는 주로 소이치로나 히지리와 대화를 나누었으니까 아리사와의 대화는 적었다.

하지만 유즈루는 의문이었다.

그 정도 일로 아리사는 화를 내거나 할까?

소이치로, 히지리와 대화를 나누는 것도 안 된다면 24시간 내내 아리사와 함께 대화를 나누어야만 한다.

아리사도 유즈루 이외의 인간관계는 있으니까…….

그런 이유로 기분이 나빠질 것 같지는 않았다.

거기까지 생각하고서 간신히 유즈루는 하나의 생각에 다다랐다.

'……혹시 다른 여자랑 대화를 나눈 게 잘못이었나?'

그렇다기보다는 아리사와 작업하지도 않고 다른 여자랑 대화를 나누거나, 작업을 도와주거나 했던 것이…… 아리사가 기분이 나쁜 이유일지도 모른다.

그리고 어쩌면 그 아이가 "오늘은 남을 거야?"라고 물었을 때에 남으려고 했던 것도 잘못일지도 모른다.

유즈루는 단순히 남을지 안 남을지 대답을 하려던 것이었지만……

견해에 따라서는, 여자의 권유를 받아들였다…… 그렇게 받아들이지 못할 것도 없으리라.

다시 말해서 질투였다.

"어…… 미안해, 아리사."

유즈루는 순순히 사과하기로 했다.

그런 일로 기분이 나쁠 것까지야…… 그런 생각도 없지는 않지만, 그러나 반론해 봐야 딱히 의미는 없었다.

……게다가 본심을 감추려고 하면서도 질투심을 드러내고 만 아리사가 기특하고 귀엽게 보이기도 했다.

"……딱히 사과할 필요 없어요. 하지만, 그만큼 벌충해 줘요."

"그럼 학원제 당일…… 데이트라도 할까."

유즈루의 제안에 아리사는 작게 끄덕였다.

"약속, 이니까요?"

"그래…… 약속이야."

그리고 두 사람은 사이좋게 귀가했다.

"그런데 아리사. 슬슬 풀어주지 않을래?"

"안 돼요."

"걷기 힘들고…… 그게, 나도 힘겹다고 할까."

"……벌이에요. 참아요."

여전히 용서해 주진 않았나 보다.

※

옷을 갈아입은 유즈루는 카페로 바뀐 교실로 향했다.

"호오―, 역시 평소부터 입고 지내는 만큼 잘 어울리네."

감탄을 터뜨린 것은 히지리였다.

유즈루가 입고 있는 것은 본가에서 가져온 남성용 전통 복장이었다.

평상복은 아니고, 그렇다고 해서 격식을 갖춰 차려입은 것도 아니었다.

그 중간…… 말하자면 레스토랑이나 극장 등에 갈 때에 입을 법한 옷이었다.

"그러는 너도 잘 어울려."

그리고 유즈루만이 아니라 히지리도 전통 복장을 입고 있었다.

그 또한 빌린 것이 아니라 자기 옷을 입고 왔나 보다.

"그런가?"

"그래. 츠지기리*라는 느낌이 드네."

"너부터 죽인다."

유즈루와 히지리가 그런 농담을 나누는데…….

"……미안해, 조금 늦어졌어."

"수고가 좀 드는 바람에……."

두 소녀의 목소리가 들렸다.

텐카와 아리사였다.

"별로 입을 일이 없으니까…… 시간이 좀 걸렸어."

텐카는 부끄러운 듯 뺨을 긁적이며 그렇게 말했다.

그러는 그녀는 수국이 그려진 유카타를 입고 있었다.

한편 아리사는…….

"이런 옷은 처음인데…… 어떤가요?"

여자용 하카마를 입고 있었다.

다이쇼 시대 느낌의 여학생 스타일이었다.

완전한 전통 복장이라기보다는 서양 느낌도 들어가서, 귀여운 리본이나 프릴도 장식되어 있었다.

아름다운 금발은 빨간 리본으로 예쁘게 묶었다.

"잘 어울려. 무척 귀엽다고 생각해."

"그, 그런가요? 그건 다행이에요."

부끄러운 듯, 하지만 기쁜 듯 아리사는 수줍게 미소 지었다.

---

*무사가 검술 수련을 위해서 밤거리에서 지나가던 사람을 해치던 일, 또는 그런 사람을 가리키는 말.

"다들 잘 어울리잖아."

"이것 참―, 아리사도 텐카도 훌륭하네."

"지명료, 얼만가요?"

소이치로, 아야카, 치하루는 네 사람의 복장에 만족스레 끄덕였다.

네 사람은 전통 복장이 아니라 교복을 입고 있었다.

그렇다고 해도 딱히 학원제에 참가하지 않는 것은 아니었다.

단순히 시프트의 문제.

유즈루 쪽 네 사람과 소이치로 쪽 세 사람은 일하는 시간이 달랐다.

계속 일만 한다면 학원제를 둘러볼 수는 없고, 애당초 반 전체가 담당할 정도의 일도 공간도 없었다.

"그럼 우린 다른 반을 둘러볼 테니까. ……나중에 다시 올 거니까 농땡이치지 말라고? 특히 유즈룽이랑 히지링."

"예예."

그런 분위기로 세 사람은 떠나고, 유즈루 쪽 네 사람이 남겨졌다.

"분담, 어떻게 할까요?"

"두 사람은 접객, 두 사람은 호객이면 되지 않을까?"

아리사의 물음에 텐카는 그렇게 대답했다.

아직 오전 시간이기도 해서 사람은 그리 많지 않았다.

"그럼 나는 호객을 맡을까."

"뭐야, 넌 접객 아냐? 특기 분야잖아."

"기왕이면 평소랑 다른 일을 하고 싶잖아?"

접객은 평소의 아르바이트로 익숙했다.

하지만 같은 일을 하는 것은 별로 재미가 없다.

그보다는 평소의 '일하는 느낌'이 들어서 학원제를 충분히 즐길 수 있을 것 같지가 않았다.

"그럼 저도 유즈루 씨와 같이 호객을 할게요. ……유즈루 씨를 감시해야 하니까요."

"딱히 적당히 할 생각은 없는데……."

유즈루는 무심코 뺨을 긁적였다.

아무래도 신용이 별로 없나 보다.

"그럼 우리는 접객이네."

"뭐, 특별히 이걸 해야겠다는 건 없으니까 상관없지만. ……나중에 교대하자고? 그쪽도 해보고 싶으니까."

이리하여 역할 분담이 정해졌다.

처음에는 역시나 외부에서 온 사람은 적고, 굳이 따지자면 학교 학생이 많았다.

"그런데 호객이라는 건 어떻게 하면 될까요?"

"큰 소리로 전통 스타일 카페 운영 중입니다! 라고 말하면 되지 않을까?"

"그런 걸로 들어올까요? ……저, 목소리도 그렇게까지 크진 않으니까요."

아리사는 옆 반으로 흘끗 시선을 향했다.

이미 옆 반은 호객을 시작했다.

남자 둘이 크게 소리를 지르고 있었다.

이래서는 아리사의 목소리는 지워져 버릴지도 모른다.

하지만…….

"그만큼 아리사는 귀여우니까 괜찮아."

목소리만 큰 남자랑 귀여운 여자.

어느 쪽이 호객하는 가게에 들어가고 싶을까? 유즈루라면 후자다.

"귀, 귀엽다니 그런……."

부끄러운 듯 아리사는 뺨에 손을 댔다.

"뭐, 아니면 직접 말을 건다면…… 아, 마침 괜찮겠네."

그때 유즈루는 후배로 여겨지는 여학생들 세 사람이 유즈루네 반 간판으로 흘끗흘끗 시선을 보내는 것을 깨달았다.

흥미가 있다는 증거였다.

"거기 계신 아가씨들."

유즈루는 미소를 지으며 세 사람에게 다가갔다.

그녀들은 조금 놀란 기색으로 얼굴을 마주봤다.

"저희 말인가요?"

"그래그래. ……어떨까? 저기서 차라도 한잔하고 가지 않을래?"

"어―, 하지만 다른 곳도 보고 싶으니까……."

"아침도 막 먹었고……."

"빙수라든지 작은 과자라면 그렇게 배는 안 불러. 차도

종류가 꽤 다양해서…….”

그런 식으로 유즈루는 자신들의 카페에서 좋은 점을 설명했다.

반 정도는 나오는 대로 떠드는 것이지만.

“으─응, 그렇다면…….”

“들어갈게요.”

“셋이에요!”

유즈루의 호객이 제대로 통해서 세 사람은 입점을 결정해주었다.

“세 분, 들어가십니다!”

유즈루는 큰 목소리로 그렇게 말했다.

접객 담당에게 전달하는 것과 동시에, 벌써 손님이 들어왔다고 ──그러니까 인기 가게라고── 주위에 어필하는 것이 목적이었다.

“좋아, 잘됐네. 이런 느낌으로 직접 말을…… 아리사?”

유즈루는 무심코 고개를 갸웃거렸다.

어째선지 아리사가 뾰로통한 표정을 짓고 있었으니까.

기분 나빠 보였다.

손님이 들어간다면 아리사로서도 기쁠 테고, 무엇보다 유즈루로서는 일을 해낸 모습을…… 그러니까 ‘멋진 모습’을 보여주었다고 생각했으니까 아리사의 이 반응은 조금 의외였다.

‘조금 전까지는 기분이 좋아 보였는데…….’

"저기…… 아리사?"

"유즈루 씨 따윈 몰라요!"

아리사는 토라져서는 입술을 잔뜩 삐죽이며 고개를 획 돌렸다.

유즈루는 무심코 쓴웃음 지었다.

그리고 그런 아리사의 뺨을 가볍게 찔렀다.

"잠깐…… 그, 그만해요."

"미안해, 아리사."

"……뭐가요?"

"아리사가 훨씬 귀여우니까."

"……그런 건 반칙이에요."

아리사는 그러면서 유즈루를 흘겨봤다.

다만 얼굴은 새빨갛게 물들어 있었지만.

※

"슬슬 저희도 접객 쪽으로 가지 않을래요?"

열심히 손님을 끄는 유즈루를 가게 안으로 데려간 아리사는…….

'으으음…….'

살짝 불만스럽다는 표정을 짓고 있었다.

그 이유는…….

"──랑, ──이시죠? 손님."

"응, 고마워."

유즈루가 여성 손님을 접객하고 있었으니까.

……물론 딱히 이 카페는 여성 금지도 뭣도 아니다.

여성을 상대하는 일은 당연히 있을 것이다.

그러니까 그것 자체를 아리사는 문제시하지는 않았다.

아리사가 마음에 들지 않는 점은…….

"그건 그렇고 타카세가 군…… 역시 잘하네!"

"익숙할 뿐이야."

그 여성 손님──엄밀하게는 같은 반 여자──이 묘하게 유즈루에게 친근하게 굴고, 그리고 유즈루가 그 여자의 칭찬에 은근히 만족스러운 표정을 짓고 있다는 (것처럼 보인다는) 사실이었다.

'같은 반인데…… 굳이 손님으로 올 의미가 있어?'

다른 반 출품작이라도 보고 오면 될 텐데.

굳이 유즈루가 접객하는 시간을 노려서, 손님으로 찾아왔다.

……아리사는 그 부분에서 명확한 의도를 느꼈다.

근거는 없었다.

여자의 감이라는 녀석이었다.

'유즈루 씨도 유즈루 씨예요. ……좀 더 적당히 상대해도 될 텐데!'

아리사의 눈에는 여자아이가 추어올리자 유즈루가……헤실헤실하는 것처럼 보였다.

또한 유즈루의 명예를 위해서 적는다만, 결코 유즈루는 헤실헤실하지 않았다.

지극히 평범하게…… 신사적으로 대할 뿐이었다.

'혹시 그때, 유즈루 씨한테 밸런타인 초콜릿을 준 사람의 정체는…….'

그렇게 아리사가 질투의 불길을 조용하게 태우고 있었더니…….

"여어, 유즈룽이랑 아리사! 손님이야!"

"신께서 오셨으니까요! 정중하게 대해줘요!!"

"흠…… 성실하게 일하고 있는 모양이네. 좋아, 좋아."

밖을 돌고 있었을 터인 세 사람──아야카, 치하루, 소이치로──이 돌아왔다.

아무래도 놀리러 온 모양이었다.

세 사람은 테이블에 앉더니 유즈루를 불렀다.

"말차 빙수를 세 개…… 애정을 담아서 말이지?"

"차는 따뜻한 게 좋아요."

"친구로서 할인해 줄 수 없을까?"

"해줄 리가 없잖아, 바보가."

유즈루는 세 사람에게 신랄한 말로 답하고는 부엌으로 향했다.

그리고 잠시 후, 빙수와 차 준비를 마쳤다.

아리사는 그것을 세 사람에게 가져갔다.

"여기요. 빙수랑 차예요."

"고마워! ……그런데, 어때? 유즈롱과의 협동 작업은."

싱글싱글 미소를 지으며 아야카는 그렇게 말했다.

평소의 아리사라면 부끄러워하거나 수줍어했을 것이다.

실제로 아야카는 그런 반응을 기대하고서 그런 말을 입에 담았다.

그러나…….

"서로가 바빠서 이야기를 할 시간은 의외로 적은 느낌이네요. ……특히 유즈루 씨는."

아리사는 날 선 태도로 그렇게 말하고…… 유즈루 쪽을 봤다.

유즈루는 다른 학교──근처 여고로 여겨지는──의 여학생을 상대로 접객 중이었다.

"뭐, 유즈루 씨는 이러니저러니 해도 인기 있으니까요."

"알바하는 곳에서도 인기 있다니까."

치하루와 소이치로는 쓴웃음 지으며 그렇게 말했다.

유즈루가 접객에서 사람──특히 여성──을 끌어들이는 것은, 세 사람에게 그다지 놀라운 일이 아니었다.

"괜찮아, 아리사. 저런 거, 어차피 남들한테 보여주기용 얼굴이니까."

생글생글 미소를 짓고 있는 유즈루에게 시선을 보내며 아야카는 아리사를 격려하듯 말했다.

그 말에 아리사는 작게 끄덕였다.

"그건 알고 있어요."

기분이 좋더라도 유즈루는 저렇게까지 생글생글 미소를 짓거나 하지는 않는다.

유즈루가 짓고 있는 미소가 어디까지나 외부용, 접객용 미소란 건 충분히 알고 있었다.

"하지만…… 뭐라고 할까, 제 앞에서 다른 여자랑, 꾸민 거라도 친근하게 구는 건……."

아무래도 답답한 기분이 들고 만다.

친근하게 굴더라도 조금 더 자신에게 미안하다는 태도를 보여줬으면 좋겠다는 생각도 있었다.

"그런 논리라면 우리도 아웃인 느낌이……."

"어라? 사실은 짜증을 느끼고 있었다든지?"

"설마요! 친구는 별개예요. 하지만……."

아리사는 흘끗, 예의 같은 반 여자에게 시선을 보냈다.

그녀는 부 활동 친구나 후배, 선배와 함께 아직 자리에 머무르고 있었다.

그리고 이따금 유즈루에게 친근하게 말을 건넸다.

"아…… 그러네."

"이건 뭐라고 할 수도 없겠는데요."

아야카와 치하루는 쓴웃음 짓고 말끝을 흐렸다.

농담으로는 그치지 않을 것 같은 전쟁의 기척을 느꼈으니까.

"좋든 나쁘든…… 여유가 나오는 걸지도 모르겠네, 저 녀석."

툭하니 소이치로는 중얼거렸다.

"……무슨 이야긴가요?"

소이치로의 말에 아리사가 반응했다.

소이치로는 유즈루 쪽으로 흘끗 시선을 향하고, 그가 접객 중이라는 것을 확인하고는 작은 목소리로 자신의 생각을 아리사에게 전했다.

"그러니까 남자로서의 자신감이 붙었다는 거야. 어느 정도라면 아리사 씨가 자신에게서 멀어질 일은 없다…… 그렇게 생각하는 게 아닐까?"

아리사 씨와의 관계를 통해서, 여자를 다루는 것에도 익숙해졌을지도—.

소이치로는 그렇게 덧붙였다.

"으음…… 그건 중대한 사태예요."

아리사는 저도 모르게 미간을 찌푸렸다.

그런 아리사에게 아야카는 물었다.

"저기…… 아리사는 불안해?"

"아뇨, 딱히."

아리사는 즉답했다.

"제가 저런 아이한테 질 리가 없어요."

유즈루가 '아리사가 나한테서 멀어질 일은 없다'라는 자신이 있는 것처럼, 아리사 역시도 '유즈루 씨가 나한테서 멀어질 일은 없다'라는 자신이 있었다.

유즈루에게 '바람을 피우는 거 아니냐?'라든지, '나보다 좋아하는 여자가 생긴 것은 아니냐' 같은 불안은 없었다.

그런 부분에 있어서는 아리사도 유즈루를 신뢰하고, 그리고 아리사는 스스로의 매력 역시도 믿고 있었다.

……물론 그렇다고 해서 질투하지 않느냐면 그것은 또 다른 이야기였다.

"다만…… 좀 더, 이렇게, 유즈루 씨는 저한테 몰두해 줬으면 해요."

바란다면 자기만을 봐줬으면 좋겠다.

아리사는 그렇게 생각하고 있었다.

"……제 매력을 다시금 확인하게 만들, 좋은 방법은 없을까요?'

아리사는 세 사람에게 그렇게 물었다.

그러자 세 사람은 얼굴을 마주 보고…… 씨익 미소를 지었다.

"아니…… 사실은 있단 말이지, 이게."

"아리사 씨가 부디 참가해 줬으면 하던 참이에요."

"아리사 씨라면 부족할 일은 없겠지."

"어, 정말인가요?! 가르쳐 줘요!! 뭐든 할게요!"

아리사는 몸을 내밀고 크게 끄덕였다.

……이리하여 아리사는 세 사람의 감언이설에 넘어가고 만 것이었다.

※

일을 시작한 뒤로 딱 한 시간.

그들은 다음으로 가게를 맡을 학생들에게 인수인계를 마친 뒤, 일을 마쳤다.

전통 복장을 벗고 교복으로 갈아입은 유즈루는 아리사에게 말을 건넸다.

"일도 끝났으니까…… 다른 반을 둘러보지 않을래?"

유즈루는 이전에 나눈 아리사와의 약속을 다하고자 그녀에게 그런 제안을 했다.

이에 아리사는 미소를 짓고…….

고개를 가로저었다.

"미안해요. 사실은 지금부터 예정이 있어서……."

"……예정?"

유즈루는 무심코 고개를 갸웃거렸다.

확실히 학원제에는 반 말고도 각 부 활동이나 동호회가 무언가 출품을 하기도 한다.

그러니까 반에서 맡은 일 말고 부 활동 일도 있다……면 이상한 일은 아니었다.

하지만 유즈루가 알기로, 아리사는 부 활동이나 동호회에 소속되지는 않았다.

딱히 용건은 없을 터.

"음, 뭐라고 할까…… 도우미 같은 느낌이겠네요."

"어, 그렇구나."

사람이 부족하니까 도와 달라.

갑자기 아파서 쉬는 사람 대신에 일을 좀 해 달라.

그런 부탁을 받았으리라고, 유즈루는 멋대로 납득했다.

"그러니까…… 오후에 돌아보지 않을래요?"

"응, 알았어. 괜찮아."

데이트 약속은 했지만 언제 무엇을 할지까지는 정하지 않았다.

"그런데…… 뭘 하는 거야?"

아리사가 무언가를 한다면 그것을 보러 가자.

그런 기분으로 유즈루는 물었지만…….

"비밀이에요."

아리사는 검지에 입을 대고 그렇게 말했다.

"그런 말 하지 말고…… 가르쳐 줘."

"안 돼요. 하지만…… 그러네요. 11시 쯤, 체육관으로 와 줘요. 알 수 있을 거예요."

체육관에서는 주로 연극이나 취주악부의 연주 따위가 진행된다.

그러니까 아리사의 일도 그와 관련된 일이라는 의미다.

"11시에 체육관?"

'하지만 11시는 점심시간…… 예정표에는 아무것도 안 적혀 있었는데…….'

유즈루는 내심 고개를 갸웃거렸다.

그렇지만 이 의문은 11시에 그 자리로 가면 풀린다.

"알았어. 기대하고 있을게."

"……꼭 와달라고요?"

그런 대화 후, 두 사람은 헤어졌다.

그리고 잠시 시간이 지나서…….

유즈루는 약속대로 11시에 맞추어 체육관으로 향했다.

지금은 마침 취주악부의 연주가 끝난 참이었다.

"드디어 왔구나, 유즈루."

그리고 소이치로가 맞이해주었다.

"드디어라니…… 혹시 아리사가 뭘 하는지 알아?"

"뭐, 그렇지."

소이치로는 씨익 미소를 지었다.

유즈루는 무심코 미간을 찌푸렸다.

약혼자인 자신은 모르는데 소이치로는 알고 있다.

자신에게는 감추었으면서 소이치로에게는 이야기했다.

……유즈루는 아리사에게 살짝 답답한 심정을 품었다.

"자자, 그런 표정 짓지 말고. ……가장 앞 열을 잡아뒀어. 이쪽으로 와."

"……알았어."

소이치로가 시키는 대로, 유즈루는 체육관 스테이지 쪽으로 걸어갔다.

스테이지 가장 앞 열.

그곳에는 이미 히지리와 텐카가 앉아 있었다.

"······혹시 히지리, 너도 알고 있어?"

"아니, 나도 몰라. ······소이치로가 재미있는 걸 볼 수 있다고 그래서 왔을 뿐이야."

유즈루의 물음에 히지리는 고개를 가로저었다.

유즈루는 조금 안심했다.

그리고 유즈루는 텐카 쪽을 봤다.

"나는 알고 있었어. 아야카 일당한테 권유를 받았으니까. 뭐, 거절했지만."

아무래도 지금부터 진행되는 일은 아야카 일당이 기획한 일인 듯했다.

일당, 이라는 것은 소이치로, 아야카, 치하루 셋이 주도한 일이라고 유즈루는 예상했다.

"······가르쳐 주지 않을래?"

"아리사 씨가 비밀로 하라고 그랬으니까."

슬슬 시작한다고. 조금만 더 기다려.

그 말에 유즈루는 비어 있던 자리에 앉아서 스테이지를 올려다봤다.

잠시 후······.

"여러분ー, 돌아가지 말아 줘!!"

"자, 주목ー!!"

커다란 목소리가 스테이지 위에서 울려 퍼졌다.

나타난 것은 차이나드레스를 입은 두 미소녀였다.

아야카와 치하루.

스테이지 배경에 두 사람의 미소가 비쳤다.

그리고 두 사람은…….

"본래라면 점심시간이지만……."

"지금부터! 게릴라 라이브, 아니, 게릴라 미스 콘테스트를 개최합니다―!!"

큰 목소리로 선언했다.

"한 사람씩, 스테이지 위에서 자기소개를 할게요!"

"자기 어필은 짧게 부탁해요!"

스테이지 위에서 규칙 설명을 시작하는 두 사람.

유즈루는 그것을 흘려들으며 소이치로에게 물었다.

"미스 콘테스트라니…… 허가가 나왔어?"

미스 콘테스트 하고 싶어!

아야카와 치하루가 교사에게 직접 담판에 나섰다는 사실을 유즈루는 알고 있었다.

하지만 유즈루의 기억이 맞다면 허가는 나오지 않았다.

미풍양속에 좋지 않다.

그런 (지당한) 이유 때문이었다.

좋은 나쁘든 용모로 우열을 가리는 일을 하는 것은 교육상 좋지 않다는 판단이었다.

혹시 허가가 나왔나? 그런 유즈루의 질문에 소이치로는 간단히 답했다…….

"나왔다면 게릴라로 하겠냐."

시원하게 부정당했다.

"……아니, 괜찮겠어?"

"저건 아야카랑 치하루가 멋대로 하는 것뿐이니까. 그저 점심시간 동안에 스테이지 위에서 떠드는 거야. 그러니까 문제없어."

오히려 문제밖에 없는 게 아닌가?

유즈루는 그렇게 생각했지만, 그러나 미스 콘테스트는 두 사람의 진행에 따라 멋대로 진행되었다.

"그럼…… 선생님이 오기 전에 끝내 버릴 테니까!"

"엔트리 넘버, 1번!! 3학년 3반의…….."

한 사람씩, 차이나드레스를 입은 여학생들이 안쪽에서 나타났다.

그때마다 환호성이 터졌다.

미스 콘테스트에 나오는 만큼, 다들 귀여운 외모의 여자들뿐.

거의 볼 수 없는 차이나드레스라는 섹시한 복장도 어우러져서 대성황이었다.

하지만 유즈루는 체육관의 열광과는 달리 쓴웃음을 지었다.

"사회자가 가장 눈에 띈다니, 어떻게 된 거야?"

차이나드레스는 몸의 라인이 또렷하게 드러나고, 게다가 다리 길이가 강조된다.

그러니까 슬렌더하고 스타일이 좋은, 다리가 긴 여자일

수록 잘 어울린다.

……빈말로도 일본인과 맞는다고 할 수는 없었다.

모두들 '옷에 먹혔다'라는 인상을 받고 말았다.

결과적으로 제대로 소화하고 있는 것은 일본인을 벗어난 용모와 몸매를 가진, 사회 담당인 아야카와 치하루뿐이었다.

"나도 저 녀석들이 나가면 되는 거 아닌가 생각했는데, 자기들이 제안하고 자기들이 나갔다가 자기들이 우승한다면, 기분 나쁘잖아? 라더라."

"나르시스트 녀석들이야…… 아니, 뭐, 부정할 수는 없지만."

실제로 이중에서 누구한테 투표할래? 라고 그런다면 유즈루는 아야카와 치하루 중에서 선택한다.

그만큼 두 사람이 압도적이었다.

"그보다도 그렇게까지 자각하고 있다면, 눈에 띄지 않는 옷을 입으면 될 것 같은데."

"나도 그렇게는 생각하는데 꼭 입고 싶었다나. ……사실은 아마 나가고 싶었을 테지."

유즈루와 소이치로가 그런 대화를 나누는 동안…….

히지리와 텐카는 입을 모아 소리 높였다.

"아! 저 아이…… 우리 반이네. 이런 곳에 나오다니…… 의외인데."

"딱히 의외도 뭣도 아니야. 저 아이, 저렇게 보여도 눈에

띄고 싶어 하는걸."

유즈루가 다시 스테이지 위로 시선을 향했다.

확실히 그들과 같은 반 여학생이 그곳에 서 있었다.

최근에 자주 유즈루에게 말을 걸던 여자였다.

청초한 이미지를 멋대로 품고 있었기에, 이런 행사에 참가하는 것은 유즈루에게 의외였다.

그러는 사이에 어느샌가 19명의 소개가 끝났다.

그리고 마지막으로 나온 것은…….

"그럼…… 엔트리 넘버 20!"

"나와주세요!!"

아마포색 머리카락에 압도적인 미모를 가진 여자였다.

발군의 몸매는 차이나드레스로 또렷하게 드러나고, 하얗고 긴 다리가 슬릿과 하이힐로 강조되었다.

그녀는 자신감 넘치게 스테이지 위로 올라와서…….

"20번, 유키시로 아리사입니다. 투표, 잘 부탁해요."

이렇게만 말하면 충분하겠지.

마치 그러듯이 짧게 자기소개를 했다.

체육관이 환호성으로 뒤덮였다.

※

"투표함은 학교에 다섯 곳, 설치했습니다—!"

"인터넷으로도 받고 있어요!"

"종료 시간은 오후 네 시까지예요—!"

"결과는 인터넷으로 발표할게요—!"

""다들, 투표해 줘!! 해산—!!""

아야카와 치하루의 그런 말로, 게릴라 미스 콘테스트는 마무리되었다.

네 시까지 투표를 받는다고 하는데…….

그러나 결과는 눈에 선했다.

"……유즈루 씨!"

"아리사……."

틀림없이 우승일, 차이나드레스를 입은 미소녀가 유즈루 쪽으로 달려왔다.

아리사는 조금 수줍어하면서도 미소를 지었다.

"놀랐어요?"

"……그래, 놀랐어. 네가…… 이런 일에 참가하다니."

유즈루는 크게 끄덕였다.

미스 콘테스트가 시작된 시점에서 '혹시……'라고 생각은 했지만, 실제로 볼 때까지 유즈루는 확신을 가질 수 없었다.

수줍음이 많은 아리사가 이런 무대에 설 줄은 몰랐다.

"예, 뭐…… 그게, 솔직히, 부끄러웠지만…….

아리사는 그렇게 말하면서 차이나드레스 옷자락을 꽉 움켜쥐었다.

그리고 붉은 얼굴로 유즈루를 올려다봤다.

"어떤, 가요……? 어울리나요?"

아리사의 그런 물음에 유즈루는…….

"새삼 반했어."

짧게 그리 대답했다.

※

"……아까 그것도 괜찮았다고 생각하는데."

이런 모습으로 데이트는 못 한다, 그리 말하며 아리사는 차이나드레스를 벗고 전통 복장——다이쇼 시대 여학생의 하카마——으로 갈아입어 버렸다.

그것도 귀엽지만, 차이나드레스도 잘 어울렸는데.

유즈루로서도 조금 더 보고 싶다는 심정이 강했다.

"그런 옷차림으로 밖에 다닐 수 있을 리가 없잖아요."

한편 아리사는 어이없다는 표정으로, 그리고 조금 붉은 얼굴로 그렇게 말했다.

아무래도 부끄러웠나 보다.

"게다가 전통 복장인 유즈루 씨 옆 차이나드레스는…… 안 좋은 의미로 눈에 띄어요."

유즈루도 마찬가지로 전통 복장으로 갈아입었다.

굳이 옷을 갈아입은 것은 자기 반의 출품작을 선전하기 위해서……라는 것은 핑계고, 본심은 평소와 다른 데이트를 하고 싶어서 그랬다.

사실 유즈루네 반은 음식 이외에 전통 복장 대여도 하고 있었다.

"뭐…… 그렇게나 보고 싶다면, 나중에 사진을 보내 줄게요."

정말이지, 어쩔 수 없는 사람이네요…….

아리사는 그렇게 말했다.

"그건 고맙지만…… 가능하다면 직접 한 번 더…….'"

시험 삼아서 유즈루는 투덜거려 봤다.

반은 농담이고 반은 진심이었다.

유즈루의 말에 아리사는 살짝 눈썹을 치켜올렸다.

"……그렇게나 보고, 싶나요?"

"보고 싶어."

"……뭐, 기분이 내키면, 단둘이 있을 때."

의외로 순조롭게 오케이가 나왔다.

유즈루는 마음속으로 승리의 포즈를 취했다.

"그럼…… 일단 어디로 갈까?"

"그러네요. ……마침 점심시간이니까. 뭔가, 먹지 않을래요?"

시각은 12시를 조금 지난 정도.

식사를 하기에는 무척 적절한 시간대였다.

"그도 그러네. 그럼 음식물을 제공하는 가게를 찾을까."

유즈루와 아리사는 팸플릿을 한 손에 들고서 학교를 돌

아다녔다.

그리고 우선 처음으로 두 사람이 주목한 것은 타코야키였다.

타코야키는 타코야키라도 평범한 타코야키가 아니라 기름에 튀기듯이 만든, 타코야키 튀김이었다.

"이건 맛있는데."

하나 입에 넣고 유즈루는 중얼거렸다.

바깥쪽은 바삭하고 안쪽은 녹진했다.

소스와 마요네즈가 무척 잘 맞았다.

"냉동 제품을 기름으로 튀겼을 뿐이지만요."

"그걸 이야기하면 안 돼."

어차피 고등학생의 축제 놀이다.

맛은 아무래도 훨씬 떨어진다.

"하지만 튀김은 좋은 선택이라고 생각해요. 맛없게 만드는 게 어려우니까요."

"그런 거야?"

"예. 튀김은 기름 처리가 귀찮을 뿐이고…… 요리 그 자체는 어렵지 않으니까요. 갓 튀겨낸 건 어지간하면 맛있게 먹을 수 있고요."

반대로 기름 처리가 귀찮으니까 가정에서는 가볍게 튀김을 하는 것은 어렵다.

그러니까 수요가 있다고, 아리사는 이야기했다.

"확실히 타코야키는 집에서도 만들기는 하지만…… 튀

긴 타코야키는 거의 안 만드네."

"……타코야키, 집에서 만드는 건가요?"

아리사가 고개를 갸웃거렸다.

아무래도 그녀에게는 '타코야키는 축제에서 먹는 것'이라는 이미지가 있는 모양이었다.

"아니, 딱히 그렇게까지 자주 만드는 것도 아니지만…… 그래도 타코야키 파티 같은 걸 벌이기도 하잖아?"

"뭔가요? 타코야키 파티는…… 타코야키로 파티?"

유즈루의 말에 아리사는 곤혹스럽다는 표정을 지었다.

아리사 안에서 더더욱 의문이 깊어지고 말았나 보다.

타코야키와 파티라는 단어가 이어지지 않는 것이리라.

"다 같이 타코야키를 만들어서 먹는 거야."

"호오…… 하지만, 왜 굳이 타코야키인가요?"

"그건…… 핫플레이트 옆에 둘러앉아서 시끌벅적하게 즐길 수 있으니까? 뭐, 그거야. 고기를 구워 먹는 것 같은 느낌 아닐까?"

"호오……."

그렇다면 그냥 고기를 굽는 게 낫지 않나요?

아리사는 그런 표정이었다.

굳이 타코야키로 하는 것의 이점은 무엇인가.

유즈루는 잠시 생각하고는 대답했다.

"그게…… 안에 이것저것 넣어서 어레인지할 수 있고, 러시안 룰렛 같은 것도 할 수 있겠지."

"그렇군요. 그건 재미있겠어요."

아리사는 납득한 듯 끄덕였다.

"뭐…… 다음에 기회가 있다면 해볼까. 타코야키 기계, 집에 있으니까."

유즈루의 말에 아리사는 쓴웃음 지으며 물었다.

"……그런데 그거, 사서 몇 번이나 썼나요?"

"……세 번 정도?"

유즈루는 눈을 피하며 대답했다.

구매할 때는 훨씬 더 많이 사용할 생각이었다.

"전부터 생각했는데, 그런 건……."

"아리사, 아─앙!"

충고를 입에 담으려는 아리사의 입가로 유즈루는 타코야키를 옮겼다.

덥석, 아리사는 타코야키를 입에 넣었다.

그리고 씹어서 삼켰다.

"이야기는 안 끝났는데요……."

"자자. ……더 먹을래?"

"……먹을래요."

유즈루는 또다시 타코야키를 아리사의 입으로 옮겼다.

아리사는 입을 벌리고 그것을 덥석덥석 먹었다.

어쩐지 유즈루는 병아리에게 모이를 주는 것 같은 기분이었다.

"자, 하나 더……."

"잠깐만요, 유즈루 씨!"

유즈루는 그만 분위기를 타서 타코야키를 더 먹이려고 했지만, 여기서 혼이 나고 말았다.

"그렇게나 먹었다가는 배가 가득 찰 거예요."

"어―, 미안해."

아무리 그래도 너무 까불었나? 유즈루는 아리사의 안색을 살폈다.

아리사의 얼굴은 새빨갰다.

"……다음은 제 차례예요."

아리사는 그러면서 타코야키를 젓가락으로 집어서는 유즈루의 입가로 가져갔다.

유즈루는 그것을 입에 받아 먹었다.

"어떤가요?"

"……응, 맛있어."

"그런가요. 그럼, 하나 더."

두 사람은 타코야키를 함께 먹었다.

타코야키를 모두 먹은 두 사람은 그것으로 끝내지 않고 야키소바, 닭꼬치, 프랑크푸르트, 버터감자 등등…….

축제의 단골 메뉴를 차례차례 먹으며 돌아다녔다.

"다음은 어떤 걸로 할까요?"

"음…… 나로서는 이제 충분히 먹었다, 그런 느낌인데."

기분 좋아 보이는 아리사의 물음에 유즈루는 살짝 굳은 표정으로 대답했다.

실제로 유즈루의 배는 이미 한계에 가까웠다.

아무래도 전체 음식 3분의 2를 유즈루가 먹었으니까.

기본적으로 둘이서 1인분을 구입하고 그것을 나누는 식으로 먹었지만, 아리사는 그렇게 많이 먹지는 않았다.

필연적으로 유즈루가 잔뜩 먹게 되었다.

아무래도 아리사는 '남성인 유즈루 씨라면 이 정도는 전부 먹을 수 있겠지'라고 생각하는 구석이 있었다.

아리사 앞에서 약한 소리를 꺼내고 싶지 않았던 유즈루는 그녀가 권유하는 대로 먹어 버린 것이다.

"확실히…… 그도 그러네요."

다행히도 아리사 쪽도 충분히 만족한 듯했다.

배를 가볍게 문지르고는 끄덕였다.

하지만…….

"그럼, 디저트를 먹죠."

"……디저트?"

"디저트 배는 따로 있잖아요."

아무래도 아리사는 위장을 두 개 가지고 있나 보다.

유즈루는 자신의 위장과 가볍게 논의를 나누었다.

'……조금은 더, 들어갈까?'

"알았어. 으음…… 어떤 걸로 할까?"

"좀 더우니까 빙수 같은 건 어때요?"

"……괜찮네. 그걸로 하자."

빙수는 녹으면 물이나 마찬가지.

비교적 배가 덜 부르니까 유즈루에게도 딱 적당했다.

"어디서 살까요? 빙수 가게는 몇 곳 있는 모양인데……."

"기왕이면 우리 반으로 가지 않을래?"

유즈루의 반에서도 빙수를 제공하고 있다.

갈기만 한 얼음에 말차 풍미의 시럽을 뿌린 것만으로 '일본풍'이라 주장하는 녀석이었다.

"그러네요. 슬슬 아야카 씨 쪽 시프트 시간이니까."

"놀리러 가자."

두 사람은 자신들의 반으로 향했다.

그리고 입구 근처에는 이미…….

"어때? 아가씨."

"어―, 하지만……."

"다른 곳도 여기저기 둘러보고 싶으니까……."

"지금이라면 전통 복장도 대여하고 있어. 유카타라든지, 하카마라든지, 그리고 무녀복도 있어. 사진을 찍는 서비스도 있고……."

소이치로가 다른 학교 여고생을 꼬시고…….

아니, 호객하고 있었다.

"저 녀석…… 뭘 하는 거야."

"……유즈루 씨가 할 말인가요?"

아리사는 유즈루를 빤히 흘겨봤다.

유즈루는 유감이라며 항의의 목소리를 높였다.

"아니, 나는 진지하게 일을 한 거잖아."

"어—, 그런가요? 오십보백보였던 것 같은데……."

두 사람은 그런 대화를 나누며 ——소이치로는 그대로 무시하고—— 교실로 들어갔다.

그러자 흑발에 빨간 기모노를 입은 소녀가 미소로 두 사람을 맞이했다.

타치바나 아야카였다.

유즈루 정도는 아니지만 평소부터 입을 기회도 많을 것이다.

멋지게 소화하고 있었다.

"어서 오세요!! ……뭐야, 유즈룽이랑 아리사인가."

"뭐야, 라니 뭐야. ……제대로 접객해."

"예예. 커플 두 명 들어갑니다—!!"

"크, 큰 소리로 그러지 말아요……."

그런 대화를 나누며 두 사람은 자리에 앉았다.

그리고 주문표를 봤다.

"빙수도 나눠 먹으면 되겠죠?"

"뭐…… 그러네."

"단팥이랑 찹쌀 경단, 연유도 뿌리면 될까요?"

"그래."

토핑을 얹으면 얹을수록 호화로워지고, 그리고 가격도 올라가는 시스템이었다.

그렇게 둘이 아야카에게 주문을 전달하고 잠시 후…….

"예—, 커플 두 분께 빙수 나왔습니다—!!"

갈색 머리카락에 무녀복 소녀가 나타났다.

치하루였다.

무녀복은 본가에서 가져왔다고 한다.

일단 신사의 후계자 소녀인 만큼 모양새가 났다.

"그러니까 커플, 커플하고 큰 소리로 그러지 마요……."

부끄러운 듯 아리사는 말했지만, 그러나 치하루는 어깨를 으쓱였다.

"그런 부분은 새삼스럽다고 생각하는데요……."

"새, 새삼스럽다니……."

"그게, 이제부터 그거, 둘이서 먹는 거죠?"

두 명인데 하나밖에 주문하지 않았다.

그 시점에서 하나를 둘이서 나눠 먹을 생각인 것은 명백했다.

"아, 아니…… 그렇지만, 하지만, 딱히 친구 사이에도 그정도, 있지 않나요?"

"남녀가 그러지는 않겠죠."

"그건…… 그럴지도 모르겠지만……."

아리사는 도움을 청하듯이 유즈루 쪽을 봤다.

유즈루는 작게 어깨를 으쓱였다.

"뭐, 어때. 사실이잖아?"

"그, 그건……."

부끄러운 듯 움츠러드는 아리사.

그런 아리사의 귓가에 치하루가 속삭였다.

("괜찮잖아요. ……과시하면 나쁜 벌레도 들러붙지 않는
다고요.")

("……! 그, 그렇군요!!")

아리사는 크게 끄덕였다.

그리고 조금 붉어진 얼굴 그대로, 유즈루에게 미소를 향
했다.

"먹죠! 녹겠어요."

"어, 어어……?"

갑자기 뻔뻔스러워진 아리사를 보고 유즈루는 내심 고
개를 갸웃거렸다.

"유즈루 씨, 아─앙, 안 할래요?"

"어, 여, 여기서……?"

빙수를 스푼으로 떠서 유즈루의 입가로 가져가려하는
아리사.

한편 유즈루는 그것을 양손으로 막았다.

"아, 아니, 아무리 그래도 여기선……."

아무리 유즈루라도 반 안에서, 아는 사람들이 있는 곳에
서 그런 짓은 할 수 없었다.

부끄럽고 껄끄럽다.

그것은 아리사도 같은지, 그녀의 얼굴도 붉었다.

그럼에도 불구하고 아리사는 억지로라도 유즈루에게 먹
이고자 했다.

"자자, 그렇게 사양 말고……."

이건 먹을 수밖에 없나?

……유즈루가 각오를 다지려던 그때였다.

"이것 참, 뜨겁네요. ……언니."

살짝 어이없다는 목소리가 들렸다.

아리사의 움직임이 굳었다.

목소리가 들린 쪽을 유즈루가 돌아보자 그곳에는 세 소년소녀가 서 있었다.

그중 하나는 흑발에 녹색 눈동자의 소녀.

아마기 메이.

아리사의 의동생이자 사촌동생이었다.

"메, 메이?!"

"사이가 좋은 모양이라 안심했어요. 등을 밀어준 보람이 있었네요."

팔짱을 끼고 거만하게 메이는 몇 번이고 끄덕였다.

"이것 참, 타카세가와 가문의 장래는 안녕하겠어. 적어도 오빠 대에 단절될 일은 없겠네. 안심이야, 안심."

생글생글 미소를 짓는 것은 흑발에 파란 눈동자 소녀.

타카세가와 아유미.

유즈루의 동생이었다.

"그러네. 안심하고 시집가도 돼."

얼굴을 새빨갛게 물들이고서 굳은 아리사를 제쳐놓고, 유즈루는 미소를 지으며 그렇게 말했다.

그리고 메이와 아유미 옆에 서 있는 소년에게 시선을 향했다.

"오랜만이야, 유지 군."

"예, 오랜만이에요, 형!"

단정한 생김새의 소년은 미소를 지으며 유즈루에게 그리 인사했다.

그리고 조금 전까지 얼어 있던 아리사가 고개를 갸웃거렸다.

"예……? 유즈루 씨의 동생……인가요?"

남동생이 있었던가?

그런 표정의 아리사.

유즈루와 유지는 얼굴을 마주 보고는 웃었다.

"예, 그래요."

"사실은 사생아야."

"……예?"

또다시 아리사의 표정이 굳어졌다.

사생아.

다시 말해 유즈루의 아버지가, 아내 이외의 여성과 아이를 만들었다는 이야기였다.

"그, 그건, 또……."

"미안해, 거짓말이야."

"뭐요……!"

정말로 믿어 버릴 것 같은 아리사에게 유즈루는 사실을

알려줬다.

속을 뻔했던 아리사는 눈을 부릅떴다가, 이내 안심한 듯 가슴을 쓸어내렸다.

"전부터 말했지만, 나는 네 형이 될 생각은 없어. ……네 형은, 저기서 여자를 꼬시고 있잖아."

유즈루는 그러면서 교실 바깥…… 복도를 가리켰다.

그곳에서는 소이치로가 여대생으로 여겨지는 여자와 한창 대화 중이었다.

"아, 그렇군요. 소이치로 씨의 동생이군요?"

"……예, 유감스럽게도. 불초한 형이죠."

사타케 유지.

소이치로의 동생이자 사타케 가문의 차남이었다.

현재 중학교 3학년.

그는 조금 어이없다는 듯한 표정으로 소이치로 쪽을 보고는…….

유즈루를 돌아보고 가슴을 폈다.

"안심하세요, 형. 저는 양다리, 세 다리를 걸치는 짓은 결코 안 해요!"

"사람으로서 당연한 일을 자랑해도 말이지……."

애당초 여자 둘과 온 시점에서, 설득력이 조금 부족한 거 아닌가?

유즈루는 내심 고개를 갸웃거렸다.

"그리고, 나는 네 형이 아니야."

"예. 하지만 친형처럼 따르고 있어요!"

"어―, 그래그래. ……적어도 걸맞은 입장이 된 다음에, 그렇게 불러줘."

유즈루는 유지에게, 차갑게 그리 대답했다.

한편 유지는 생글생글 미소를 지으며 끄덕였다.

"어라……? 아유미랑 유지 군?"

"혹시 거기 귀여운 아이는 아리사 씨의 동생인가요?!"

그곳으로 아야카와 치하루가 달려왔다.

메이는 두 사람에게 머리를 숙였다.

"예. 아마기 가문 후계자, 아마기 메이예요! 앞으로 기억해 주시길!!"

생글생글 미소를 지으며 메이는 그렇게 말했다.

아야카와 치하루는 그런 메이에게 "귀여워, 귀여워"라며 잔뜩 들떴다.

"……모처럼 왔으니까, 전통 복장을 빌리면 어떤가요?"

아리사는 세 사람에게 그리 제안했다.

유즈루네 반에서는 전통 복장 렌탈도 하고 있었다.

그것을 입고서 학원제를 둘러보거나 기념 촬영도 가능하다.

일단 사람들의 시선을 끌게 된다.

세 사람은 그 말에 응하여, 아야카와 치하루의 안내에 따라 탈의실 공간으로 사라졌다.

그리고 아리사는 살짝 목소리를 낮추며 물었다.

"……그래서 그는 어째서, 유즈루 씨를 형이라고 부르는 건가요?"

"……아유미를 노리고 있어서 그래."

유즈루는 어깨를 으쓱이며 그렇게 대답했다.

이 말에는 아리사는 눈을 크게 떴다.

"저기…… 그건 혹시, 약혼자……라는 건가요?"

"엄밀하게는 후보일까? 확정은 아냐."

그는 아유미의 약혼자 '후보' 중 하나였다.

그리고 또한 사타케 가문의 후계자 '후보' 중 하나이기도 했다.

'장수를 쏘기를 원한다면 우선 말을 쏴라'라는 말처럼 주변 공략의 우선으로, 유즈루의 지지를 얻으려고 하는 것이었다.

"그, 그렇군요…… 중학교 3학년에…… 아, 하지만 저희도 비슷한가요."

말은 그러면서도 아리사는 영 납득이 가지 않는 모양이었다.

확실히 중학교 3학년에 약혼 운운 이야기는 지나치게 빠르다고 느끼더라도 무리는 아니었다.

"어디까지나 후보니까 말이지. ……확정이 아니야. 본인은 확정으로 만들고 싶은 모양이지만."

"……생각이 났는데, 어필할 상대는 아유미 아닌가요?"

결혼하고 싶다는 마음이 있다면, 아버지나 오빠가 아니

라 본인에게 말해야 한다.

아리사는 미간을 찌푸리며 그렇게 말했다.

그야말로 정론이었다. 정론이지만……

"뭐, 그건 그렇지만, 사전교섭을 해두는 편이 잘 풀리는 경우도 있으니까."

"그건 그럴지도 모르겠지만……"

"게다가 상대 가문의 당주나 후계자에게 미움을 산다면 결혼이 어려워질 가능성도 있어."

다만 유즈루는 아유미가 좋다면 괜찮다고 생각한다.

유즈루의 아버지도 딸의 의사를 최대한 존중할 터이니, 어지간한 일이 없고서야 '사랑의 도피' 같은 일은 벌어지지 않겠지만.

"……아유미는 어떻게 생각하나요?"

"아주 마음에 없진 않나 봐."

그렇지 않다면 그와 학원제에 오지는 않았을 것이다.

"그런가요. 그건…… 다행이네요."

아리사는 안심한 듯 끄덕였다.

뜻에 반하여 약혼 이야기가 진행된 적이 있는 아리사로서는, 생각하는 바가 있었을 것이다.

'뭐, 하지만…… 저 녀석, 『후보』 전원에게 말을 건넨다는 의혹이 있지만 말이지…….'

이전에 유즈루가 "누가 제일 좋아?"라고 물었더니, 아유미는 "어―, 못 고르겠어―" 같은 대답을 했다.

아무래도 잔뜩 경쟁을 시키고, 가장 팔팔한 남자를 붙잡겠다는 속셈인 듯했다.

　유즈루의 아버지도 그런 아유미의 방침을 아는지 모르는지, 말리지는 않았다.

　……딸에게는 무른가 봐.

　유즈루와 아리사가 그런 대화를 나누는 사이에 옷을 갈아입은 모양이었다.

　전통 복장을 입은 미소녀들이 모습을 드러냈다.

　"어때어때, 오빠. 어울려?"

　"……이런 건 별로 입어본 적이 없는데, 어떨까요?"

　아유미와 메이는 유즈루와 아리사에게 그리 물었다.

　아유미는 무녀복을, 메이는 아리사와 비슷한 하카마를 입고 있었다.

　"어울리지 않나?"

　"둘 다, 무척 귀여워요."

　유즈루와 아리사는 각자 감상을 입에 담았다.

　아유미의 전통 복장 자체는, 유즈루도 자주 봤지만……무녀복은 처음 봤다.

　치하루가 가져온 옷 중 하나 같은데 잘 어울렸다.

　평소에는 건방지고 어린아이 같은 동생이지만 무녀복을 입으니 무척 '그럴듯하게' 보이는 것은 신기했다.

　아리사의 의동생, 메이 쪽 역시도 잘 어울렸다.

　다만 굳이 따지자면 예쁘다기보다는 귀엽다는 이미지로

정리되었다.

어른스러운 이미지였지만 이렇게 보니 또래에 걸맞은 여자아이라는 사실을 잘 알 수 있었다.

"둘 다, 잘 어울려. 몰라보겠어."

어느샌가 전통 복장으로 갈아입고 온 유지도 두 사람을 그렇게 칭찬했다.

……역시 얼굴과 언동이 소이치로와 무척 닮았다.

"메이, 다음은 어떻게 할래?"

아유미는 메이에게 그리 물었다.

메이는 잠시 생각하고는 대답했다.

"어―, 그러네요. 저, 가능하다면 료젠지 씨나 나기리 씨한테도 인사를 할까 해서……."

"그렇구나. 그럼 나도 같이……."

"어, 아뇨, 괜찮아요. 혼자서 좀 돌까 해서요. ……두 분은 학원제를 즐겨주세요."

메이는 그렇게 대답하더니 생글생글 미소를 짓고 그 자리에서 총총히 떠났다.

아유미도 그것을 억지로 붙들어 둘 기색은 없었다.

"……그럼 우리는 우리끼리 돌까. 귀신의 집은 어때?"

"괜찮지 않나?"

그런 대화 후, 유지는 살며시 아유미의 손을 잡으려 했지만…….

"그럼 갈게, 오빠!"

아유미는 그것을 못 알아차렸는지, 유즈루와 아리사에게 인사하고는 홀로 척척 가버렸다.

유지는 당황해서 그녀를 쫓아갔다.

"사이가 좋아 보이네요."

아리사는 기쁜 듯 웃었다.

"역시나 좋아하지도 않는 사람이랑 맞선으로 결혼하는 것보다도…… 제대로 연애를 하고, 좋아하는 사람과 결혼해야 해요."

"그건 뭐, 그렇지만……."

유즈루는 무심코 쓴웃음 지었다.

"하지만, 우리는 맞선이잖아."

"예? 어, 어어…… 그건 확실히, 그랬죠."

아리사에게 유즈루와의 약혼은 어디까지나 '연애'에 따른 일이라는 인식인 듯했다.

계기는 맞선이지만, 그 후에는 연애……라는 것이 유즈루와 아리사의 관계다.

그러니까 맞선 결혼이라고도 할 수 있고 연애결혼이라고도 할 수 있었다.

"여하튼 행복한 게 제일이야. ……우리 아이도 그런다면 좋겠네."

맞선으로 결혼할지, 아니면 연애로 결혼할지, 그것도 아니라면 유즈루와 아리사 같은 과정을 거칠지는 알 수 없다.

그저 자신들과 마찬가지로 행복한 만남이기를, 유즈루

는 혼잣말처럼 말했다.

"아, 아이라니…… 너, 너무 성급한 이야기예요……."

한편 유즈루의 말에 아리사는 얼굴을 붉히며 고개를 숙였다.

아리사의 반응에 유즈루도 무심코 뺨을 긁적였다.

자연스럽게 '아이를 만드는 행위'를 의식한 바람에 분위기가 어색해졌다.

"……저기, 유즈루 씨."

"……왜?"

한동안의 침묵 후, 아리사가 입을 열었다.

유즈루 씨도 그런 일을 하고 싶나요?

그런 물음이 오는 건가 하고 유즈루는 짐작했지만…….

"……저와 메이, 어느 쪽이 귀여웠나요?"

"그건 물론, 너야."

유즈루의 말에 아리사는 만족스럽게 끄덕였다.

네 살이나 차이가 나는 상대에게 질투하는 것은 좀 어떨까, 유즈루는 그렇게 생각했지만…….

그래도 그건 그것대로 귀여우니까 괜찮다고 생각했다.

※

어느 날.

"오늘은 이렇게 어울려 줘서 고마워."

"아뇨아뇨. 저는 괜찮은데요……."

유즈루와 치하루는 어느 쇼핑몰에서 만남을 가졌다.

둘 다 나름대로 꾸몄으니까 얼핏 연인 사이의 데이트로 보일지도 모른다.

"괜찮나요? 이렇게 바람을 피우고."

치하루는 유즈루에게 놀리듯이 농담조로 말했다.

자신과 외출하는데 아리사는 화내지 않겠느냐, 그렇게 묻는 것이었다.

"아리사한테는 치하루랑 외출할 거라고 말해뒀어."

"의외네요. 그런데도 납득해 주던가요?"

"아리사는 딱히 아무한테나 질투하는 게 아니라고."

아리사는 확실히 질투심이 강한 구석이 있지만, 그것은 유즈루를 의심해서 그런 것이 아니었다.

굳이 따지자면 다른 여자를 상대하는 것보다도 자신을 상대해 달라는 귀여운 내용이었다.

그래서 유즈루가 치하루와 외출한 것 정도로 의심하지는 않는다.

애당초 유즈루와 치하루는 소꿉친구, 현재도 친구니까.

"그런가요. ……뭐, 목적이 목적이니까요."

이번에 유즈루가 치하루와 약속을 잡은 이유는 다름 아닌 아리사의 생일 선물을 사기 위해서였다.

유즈루는 여성의 마음을 모르니까 치하루한테 의견을 듣겠다는 취지였다.

"그럼 바로 갈까."

"그러죠."

유즈루와 치하루는 함께 걷기 시작했다.

미리 액세서리나 화장품 등의 점포에 대해서는 사전조사를 마쳤다.

이제는 실제로 상품을 둘러볼 뿐……

"아, 유즈루 씨! 저 란제리숍은 어떤가요?! 아리사 씨한테 어울리는 속옷을 같이 골라보지 않을래요?"

"하겠냐!"

치하루의 폭주 탓에 예정대로 끝나지는 않았다.

그렇게 다소 트러블은 있었지만 쇼핑을 마친 두 사람은 패스트푸드점에서 점심을 먹고 있었다.

"결국에 무난한 걸 샀네요."

치하루는 조금 불만스럽게 빨대를 씹고, 쪼옥 소리를 내며 주스를 마셨다.

유즈루가 아리사의 속옷을 구입하지 않았다는 사실이 불만인 모양이었다.

"너랑 속옷을 사러 가는 걸 누가 보기라도 해봐. ……그냥 넘어가진 못할 거라고."

"아리사 씨 속옷을 사러 갔다고 솔직하게 말하면 오해는 풀릴 것 같은데요."

"그런 주장이 통할 리가…… 통할 것 같네."

유즈루는 무심코 쓴웃음 짓고 말았다.

다만 아리사라면 납득하면서도 그건 그것대로 "그런 걸 사러 가지 말라고요!"라며 화낼 것 같았다.

"아니, 하지만 말이죠. 속옷 선물이라는 건 비교적 괜찮은 것 같은데요……."

"……괜찮겠어? 기분 나쁘잖아."

"좋아하는 사람이 상대라면 달라요. ……이러니저러니 해도 아리사 씨, 입어줄 것 같다고요?"

"그런가, 과연……."

그렇지만 아직 아리사에게 속옷을 입어 보라고 부탁할 수 있을 만큼 두 사람의 관계는 진전되지 않았다.

그것은 적어도 1년은 더 뒤의 이야기일 것이다.

"그럼 내년 정도에는 아리사랑 같이 사러 가기로 할게."

"그때는 저도 불러요."

"부를 리가 없잖아."

어째서 약혼자 사이에 다른 여자를 불러야 하는 것인가.

유즈루는 무심코 미간을 찌푸렸다.

"저랑 유즈루 씨 사이 아닌가요."

"적어도 약혼자랑 데이트하면서 데려갈 사이는 아냐."

"지금은 그럴지도 몰라요. ……하지만 저로서는 타카세가와 씨와는 가능하다면 깊은 관계를 맺길 바란다고요?"

"……흠."

유즈루는 감자튀김을 입에 넣었다.

"나로서는, 너와의 관계는 앞으로도 변함없이 계속 이어 나갈 생각인데?"

"저와 유즈루 씨가 변함없는 것은 좋은 일이에요. 하지만 우에니시와 타카세가와가 변함이 없는 건 문제 아닌가요?"

타카세가와 가문과 우에니시 가문은 역사적으로 사이가 나쁘다.

특히 두 사람의 조부모 세대는 무척 험악한 관계다.

"때가 온다면 자연스럽게 개선될 거라 생각하는데."

그렇지만 두 사람의 조부모는 언젠가 이 세상을 떠난다.

유즈루와 치하루가 당주가 될 무렵에는 자연스럽게 해빙을 맞이할 터.

"저는 그 너머의 이야기를…… 우리의, 다음의 이야기를 하고 있어요."

"……성급한 이야기야."

유즈루는 무심코 어이없다는 표정을 지었다.

요컨대 치하루는 유즈루와 치하루의 자식 세대, 그들의 정략결혼 이야기를 하는 것이었다.

"유즈루 씨의 아이는 틀림없이 인기 있을 테니까요. 지금 미리 예약을 넣어둘까 해서…… 벌써 선약이?"

"설마. 그런 이야기를 하는 건 너 정도뿐이야."

아직 태어나지 않은, 애당초 결혼조차 하지 않은 상황에서 그런 제안을 하는 인간은 거의 없다.

나름대로 성급한 부류인 유즈루의 할아버지조차 생각하지 않을 것이다.

　"말해두겠는데, 약속은 못 한다고."

　"알고 있어요. 애당초 태어날지 어떨지도 모르니까요."

　"그것도 있지만…… 아이의 의지가 최우선이니까."

　"그 말이 맞아요. 억지스러운 혼담 따윈 제대로 될 리가 없겠죠. 그건 저희 큰어머니가 증명하고 있어요."

　치하루의 큰어머니——어머니의 언니——가 사랑의 도피를 한 것은, 배경에 억지스러운 혼담이 있었다고 유즈루는 들었다.

　인간의 자유의지를 가문의 형편으로 묶어두는 것은, 요즘 시대에는 불가능하다.

　그리고 애당초 유즈루도 치하루도 그런 일을 할 생각은 없었다.

　가문을 중심으로 하는 사고방식을 가졌지만, 그래도 개인의 자유의지는 동등하거나 그 이상으로 중요하다고 생각하니까.

　"하지만 혹시 우리 아이들의 사이가 좋다면…… 그건 경사스러운 일이라고 생각하지 않나요?"

　"……그건 부정하지 않을게."

　유즈루는 정략결혼에 대해서 절대로 반대인 것도 아니었다.

　억지스러운 혼인, 당사자가 납득하지 못하는 혼인은 좋

지 않다고 생각하지만…… 당사자들이 납득한다면 가능하다고 생각했다.

유즈루와 아리사도 정략결혼이다.

맞선이 없었다면, 정략결혼의 이야기가 없었다면 애당초 두 사람은 지금 같은 관계가 될 수 없었을 것이다.

애당초 유즈루의 부모도, 조부모도 정략결혼으로 맺어졌다.

정략결혼 그 자체는 악이 아니다.

좋은 정략결혼과 나쁜 정략결혼이 있다…… 적어도 유즈루는 그렇게 생각했다.

자신과 아리사는 전자. 그리고 자신의 아이들도 굳이 따지자면 좋은 쪽을 경험했으면 좋겠다는 생각도 있었다.

"이것 참, 유즈루 씨가 긍정적이라 다행이에요. ……아리사 씨한테도 같은 이야기를 했는데, 농담이라고 받아들여서요."

"그건 뭐, 너무 앞선 이야기니까 당연하잖아."

애당초 유즈루도 자신에게 언젠가 자식이 생긴다, 만들게 된다…… 아버지가 된다는 사실에 그닥 실감이 없었다.

고작해야 아리사와 결혼해서 부부가 되리라는 미래까지만, 구체적으로 실감을 가지고 그릴 수 있었다.

그것은 아리사도 마찬가지일 터.

"……말해 두겠는데, 약속하진 않을 거니까 말이지?"

"알아요. 오히려 저도 약속은 하고 싶지 않아요. 장래에 어떻게 될지는 모르니까요."

치하루는 그러면서 어깨를 으쓱였다.

타카세가와 가문이, 우에니시 가문이 10년 뒤에 어떻게 될지는 알 수 없다.

지금 단계에서 섣불리 약속을 해서 말했느니 안 했느니 이야기로 다툴 여지를 남기는 것은, 유즈루에게도 치하루에게도 좋지 않았다.

"그저 염두에 뒀으면 좋겠는데―, 그것뿐이에요."

"그래그래. ……생각해 두겠다고만 얘기해 둘게. 그걸로 될까?"

"충분해요."

치하루는 만족스럽게 끄덕였다.

유즈루에게도 치하루에게도, '생각해 두는 것뿐'이라면 나쁜 이야기는 아니었다.

"……그런데 아리사 씨는 어떨까요?"

"어떻다니?"

"전향적으로 생각해 줄까― 싶어서요. 전에는 농담으로 치부해 버렸으니까, 어떻게 생각하는지 알 수가 없었거든요."

치하루는 그러면서 쓴웃음 지었다.

그 자리에서는 이야기가 도중에 넘어가 버렸기에 제대로 이야기할 수가 없었던 것이다.

"제대로 이야기하면 괜찮겠지. 농담이라고 여긴 건, 이미지로 그릴 수 없어서 그럴 테니까. 우리가 경험한 것 같은 일이라고 이야기하면 쉽게 이해하지 않을까."

유즈루와 아리사는 원래 동급생이고 아는 사이였지만, 본격적으로 친교를 다진 것은 맞선 때부터였다.

위장 약혼이라는 복잡한 관계를 구축했지만, 그러나 나중에 생각해 보면 당연하게 맞선으로 알고, 조금씩 관계를 다져서 골인한 모양새였다.

자신들과 같다고 생각하면 쉽게 이미지로 그릴 수 있을 것이다.

……애당초 유즈루도 아리사도 평범한 연애를 모른다. 두 사람에게 '평범한 연애'란 자신들의 관계를, 자신들의 만남을 가리킬 것이다.

"확실히 그도 그러네요."

그렇군요, 라며 치하루는 끄덕였다.

치하루는 행복해 보이는 아리사의 모습을 가까운 곳에서 보고 있었다. 정략결혼이라면 나쁘게 들리지만, 요컨대 유즈루와 아리사의 만남이라고 설명하면 그런 쪽으로 조금 어두운 구석이 있는 아리사도 쉽게 이미지를 그릴 수 있을 터.

"다음 기회에는 그렇게 해보죠."

"나도 기회가 있다면 이야기를 해볼까……."

두 사람은 태평하게 그런 이야기를 했다.

……두 사람은 깨닫지 못했다.

자신들의 상식과 아리사의 상식에는 엇갈리는 부분이 있다는 사실을.

　그것은 6월 초순의 어느 날.

　"으…… 하아…….."

　한 소녀가 거칠게 숨을 몰아쉬고 있었다.

　숨을 쉴 때마다 브래지어에 감싸인 풍만한 가슴이 조금씩 위아래로 움직이고, 그리고 아름다운 하얀 계곡을 따라 구슬 같은 땀이 흘렀다.

　세로로 길고 모양새 좋은 배꼽이 노출된 복부가 이따금 꽉 조였다.

　아름다운 아마포색 머리카락은 땀으로 흠뻑 젖고, 비취색 눈동자는 살짝 젖어 있었다.

　그리고 아름다운 얼굴은 고통으로 일그러져 있었다.

　"……아리사."

　누군가가 소녀를 그렇게 불렀다.

　그 목소리의 주인은…… 흑발에 푸른 눈동자의 소년이었다.

　그는 소녀의 숏팬츠에서 뻗은 하얀 다리를 양손으로 단단히 붙잡고 있었다.

　그 탓에 소녀는 마치 발끝부터 몸이 매달린 것 같은 모양새가 되어 있었다.

소녀가 괴로워하는 것은 그가 원인이었다.

마치 소녀가 소년에게 난폭한 짓을 당하는 것처럼 보더라도 이상하지는 않지만……

그러나 의외로 소년의 목소리는 다정했다.

"이제 그만할까? 무리하는 건 좋지 않아. 이번에는 처음이니까……."

"괜찮아, 요."

소녀는 괴로운 목소리로, 그러나 제대로 힘이 실린 목소리로 그렇게 대답했다.

"계, 계속해요……."

"아, 아니, 하지만……."

"유즈루 씨와 함께라면, 할 수 있어요."

"……알았어."

소녀의 각오를 존중한 소년은 다시 움직이기 시작했다.

소녀 역시도 소년의 움직임에 맞추고 있지만……."

"읏…… 앗……."

금세 고통스러운 목소리를 높였다.

무심코 소년은 몸의 움직임을 멈추고 말았다.

하지만……

"계, 계속해요……!"

"……정말로 무리일 것 같다면, 빨리 말하라고!"

또다시 소년과 소녀는 움직이기 시작했다.

두 사람이 어째서 이런 일을 하고 있는가.

그것을 설명하려면, 시간을 며칠 전까지 거슬러 올라갈 필요가 있다.

※

일요일 이른 아침.

아리사가 오는 날이기도 해서 유즈루는 샤워 중이었다.

그때…… 욕실의 거울을 보고 문득 고개를 갸웃거렸다.

"……응?"

유즈루의 시선이 향한 곳은 거울에 비치는 자신의 복부였다. 어쩐지 위화감이 있었다.

"……윽."

움츠리거나, 복근에 힘을 실어보거나…….

직접 자신의 복부를 손으로 만지거나, 꼬집어 보거나, 몇 번이고 확인했다.

"……설마, 말도 안 돼."

얼른 몸을 씻고 나서, 유즈루는 머리카락을 수건으로 닦으며……

탈의실에 있는 체중계에 올라갔다.

"뭐, 라고……?"

살이 쪘다.

'성장기니까 몸무게가 늘었다…… 그리 생각하고 싶지만, 뱃살은 부정하기 힘드니까…….'

키가 다소나마 자라기는 했으니까 당연히 그만큼 몸무게가 증가하는 것은 당연하지만…….

자란 키 이상의 체중 증가를 유즈루는 느끼고 있었다.

물론 지방보다 근육이 무거우니까, 몸무게만으로 '쪘다'라고 판단할 수는 없었다.

하지만 딱히 근육이 늘었다는 실감은 없고, 애당초 겉보기에도 배가 나온 느낌인 이상, '쪘다'라고 판단하는 것이 타당했다.

'하지만 어째서지…… 운동량은 줄지 않았을 텐데…….'

유즈루가 원인에 대해서 생각하는데…….

"유즈루 씨, 유즈루 씨…… 듣고 있어요?"

방울이 울리는 것 같은 귀여운 목소리가 들렸다.

어느샌가 아마포색 머리카락의 귀여운 약혼자──유키시로 아리사──가 유즈루의 얼굴을 빤히 보고 있었다.

"어, 아…… 미안해. 좀 멍─해서."

"뭔가 고민이라도 있나요?"

"아니, 뭐…… 대단한 건 아냐."

사실은 살이 쪘다, 라는 말은 유즈루로서는 조금 꺼내기 힘들었다.

딱히 조금 찐 정도로 아리사가 유즈루를 싫어할 리도 없고, 애당초 말을 꺼낼 정도로 찐 것도 아니지만…….

남자로서의 허세라는 녀석이었다.

아리사 안의 유즈루는, 설령 거짓일지라도 울끈불끈한 '마초'로 존재하고 싶었다.

"그런가요. ……혹시 상담이 필요하다면 언제든지 말해 줘요."

"고마워. 저기…… 그래서?"

"마늘 못 봤어요? ……분명 아직 남아 있었을 텐데, 안 보여서."

냉장고를 가리키며 아리사는 유즈루에게 물었다.

유즈루는 고개를 갸웃거리면서도 냉장고를 열었다.

"평소에 이쪽에…… 으─음, 확실히 없네. 아, 그러고 보니 어제, 페페론치노를 만들면서 다 썼나?"

유즈루도 아리사의 영향을 받아서 다소나마 요리를 하게 되었다.

다만 현재 레퍼토리는 채소볶음이나 페페론치노, 볶음밥뿐이지만.

유즈루의 대답에 아리사는 단정한 미간을 추어올렸다.

"정말이지, 유즈루 씨! 멋대로 쓰면 안 되잖아요!!"

"미, 미안…… 응?"

유즈루는 문득 위화감을 느꼈다.

자기 집 냉장고 내용물을 썼는데 왜 혼이 나야 하는가.

왜 아리사의 허가가 필요하지? 이상하잖아?

"썼으면 한마디 해달라고요! 알겠나요?"

"아, 예."

그렇지만 잔뜩 화내는 약혼자에게 그런 말을 할 용기는 없었다.

……실제로 유즈루와 아리사 중에 그녀 쪽이 냉장고를 더 쓰고 내용물도 잘 파악하고 있으니까, 아리사의 주장도 전혀 틀리지는 않았다.

"뭐, 됐어요. 다행히도 장을 볼 때가 되었으니까…… 미리 알아차려서 다행이네요."

"알았어. ……그런데, 오늘 저녁은?"

"닭튀김을 만들까 싶네요. 냉동하면 나중에도 먹을 수 있으니까."

아리사는 나중에도 먹을 수 있는 반찬을 정기적으로 만들어 주고 있었다.

해동하기만 하면 먹을 수 있으니까 유즈루로서는 무척 고마웠다.

"좋아하시나요?"

"응, 특히 네가 만든 건 전부 다 좋아해. 물론 네가 더 좋지만……."

"예예. ……닭튀김이랑 비교당해 봐야 기쁘지도 않으니까요."

정말이지, 무슨 소리를 하느냐. 그런 어이없다는 표정을 아리사는 지었다.

……그녀의 뺨은 어렴풋이 붉게 물들어 있었지만.

그리고 잠시 후, 저녁 시간.

"저, 닭튀김을 좀 더 먹을까 싶은데…… 유즈루 씨는 어때요?"

"말 나온 김에, 나도 더 먹을까. ……밥도 줄래?"

"알겠어요."

담담하게 의무적으로 대답하는 아리사.

그러나 오래 알고 지낸 유즈루는 아리사의 목소리가 무척 신이 났다는 것을 잘 알 수 있었다.

혹시 아리사에게 꼬리가 있다면 붕붕 흔들고 있었을 것이다.

"자, 여기요."

"고마워."

부엌에서 돌아온 아리사가 유즈루에게 닭튀김과 밥그릇을 건넸다.

닭튀김을 반찬으로 쌀밥을 먹는다.

튀김의 기름과 쌀밥의 단맛은 무척 상성이 좋다.

건강에는 그다지 좋지 않을지도 모르지만…….

"앗……."

그때 간신히 유즈루는 깨달았다.

"왜 그래요?"

"아, 아니…… 아무것도 아니야."

조금 불안한 듯 묻는 아리사에게 유즈루는 살짝 과장스

럽게 고개를 가로젓고 식사를 재개했다.

그리고 먹으며…… 생각한 것이었다.

'이게 원인인가…….'

범인은 아리사였다.

운동량은 변함이 없다.

하지만 왜 쪘는가? 해답은 간단. 먹는 양이 늘었으니까.

과연, 생각해 보면 당연한 이치였다.

솔직히 유즈루도 어렴풋이 깨닫고 있었다.

깨닫고 있으면서도 굳이 생각하지 않으려고, 무시하고 있었던 것이다.

일단 아리사의 요리는 맛있으니까.

아리사는 영양 밸런스도 생각해 주니까.

하지만 영양 밸런스가 아무리 잡혀 있을지라도 먹는 양이 늘어나면 살찌는 것은 자명하다.

맛있으니까, 그리고 아리사가 "더 줄까요?"라고 물어보니까. 항상 과식해 버렸다.

게다가 최근 학원제에서 과식한 것도 좋지 않았다.

"유즈루 씨, 유즈루 씨."

"……어, 그게…… 미안해. 왜?"

식후.

한창 식기 뒷정리를 하던 중, 아리사가 말을 걸어서 유즈루는 정신을 차렸다.

"아뇨, 그게…… 손이 멈춰 있어서요. 그게, 설거지……
끝났나요?"

"어…… 미안해. 이건 했어."

유즈루는 그러면서 아리사에게 접시를 건넸다.

아리사는 유즈루가 건넨 식기를 행주로 닦아서 식기건
조대에 놓았다.

"정말로 괜찮아요? 유즈루 씨."

"아니…… 정말로 대단한 일은 아닌데……."

"대단한 일이 아닌 것처럼 여겨지진 않는데요…… 자잘
한 일이라도 들어드릴 테니까요?"

그럼 어떻게 할까, 유즈루는 생각했다.

그다지 말하고 싶지는 않지만…… 그러나 몸무게를 빼
는 것을 생각하면 아리사의 협력은 반드시 필요할 것이다.

잠시 고민하고 유즈루는 대답했다.

"그게…… 다음부터, 식사는 조금만 부탁할게."

살이 쪘다고는 말하고 싶지 않았던 유즈루는 애써 용건
만을 말했다.

그러자 아리사는…….

"예……? 어, 어째서요?"

처음에는 놀라고.

"혹시…… 컨디션이 나쁘다든지, 그런가요?"

다음으로 걱정.

"아, 아니면…… 입에 안 맞았다든지?"

그리고 불안.

이리저리 표정이 바뀌는 약혼자에게 유즈루는 황급히 고개를 가로저었다.

"아니, 딱히 컨디션이 나쁜 것도 아니고, 하물며 네 맛에 질릴 리가 없잖아. ……네 닭튀김은 정말 좋아해."

"……그럼, 어째서?"

"어―, 저기, 꼭 말해야 해?"

"……말을 안 해주면 알 수가 없잖아요."

"그렇겠지……."

유즈루는 무심코 뺨을 긁적였다.

"으―음, 뭐, 그게, 뭐라고 할까……."

"뭔가요?"

"몸무게가 늘었다고 할까……."

"……몸무게, 라고요?"

아리사는 의아하다는 듯 고개를 갸웃거렸다.

그다지 전해지지 않았다.

"요컨대 살이 쪘으니까, 다이어트를 생각하고 있어."

유즈루는 솔직하게 자백했다.

그러자 아리사는 어리둥절한 표정을 지었다. 유즈루의 고백이 예상 밖이었나 보다.

아리사는 어안이 벙벙한 표정으로 중얼거렸다.

"……남자도 찌는군요."

유즈루는 무심코 쓴웃음 지었다.

"……딱히 살찐 남자가 드물지도 않잖아."

"미안해요. 지금 그건 어폐가 있었어요. 그게…… 뭐라고 할까, 실질적인 이야기가 아니라 개념적이라고 할까, 신경을 쓰는구나, 그런 의미예요."

여성은 체형에도 무척 민감하다.

그러니까 외모에 변화가 없더라도, 몇 킬로그램 늘어난 것만으로 '쪘다'라고 인식한다.

한편 남성은 몇 킬로그램 늘어나도 신경 쓰지 않는다.

애당초 몸무게도 안 잰다.

아리사가 말하려는 것은 그런 의미였다.

"하지만 정말로 살이 쪘나요? 그저 성장기니까 늘어난 거 아닌가요? 딱히 변한 것처럼 보이지는 않는데……."

"몸무게 증가 그 자체라기보다는…… 살짝 배가 나온 것 같은데…… 그런 느낌이라고 할까."

몸무게 증가도 근육 증가에 따른 것이라면 오히려 기쁜 일이다.

그런 생각을 하며 유즈루는 옷을 살짝 들추었다.

"이런 느낌으로……."

"……흠흠."

아리사는 유즈루의 배로 얼굴을 가져다 댔다.

"어…… 그렇군, 요. 으, 으음…… 제가 보기에는 딱히…… 어, 하지만 듣고 보니 확실히……."

아리사는 중얼중얼 말을 흘리며 유즈루의 배를 가볍게

손가락으로 만졌다.

"작년 여름과 비교하면…… 기억보다는, 근육이 덜 보인다는 느낌이 없지도 않은 것 같은…… 추억 보정일지도 모르겠지만……."

"아리사…… 좀 간지러워."

"예? 아…… 미안해요."

아리사는 조금 당황한 기색으로 손을 뗐다.

유즈루는 옷을 되돌리고는 아리사에게 물었다.

"아리사 안에서는 내 복근은 추억이야?"

"이, 이상한 소리 하지 말아요……."

"추억이야?"

"……뭐, 뭐어, 조금, 근육질에 색기가 있다고는, 생각했다고요?"

작년 여름, 수영장에 갔을 때의 아리사는 아직 새침하던 시기였다.

하지만 그 무렵부터 유즈루의 수영복 차림에 '색기가 있었다'라고 생각했다는 것은, 아리사도 유즈루를 확실히 이성으로 보고 있었다는 의미다.

유즈루도 솔직히 1년 전에 수영장에서 아리사의 가슴을 봤을 때는 '우와, 야해!'라고 생각하고는 했으니까, 그것과 마찬가지일 것이다.

유즈루가 아리사의 수영복 차림을 떠올리고서 이것저것 생각하는 바가 있었듯이, 아리사도 유즈루의 수영복 차림에 생각하는 바가 있었다는 사실은 무척 기쁜 일이었다.

약혼자와 마음이 통했다는 이야기니까.

다만 통한 것은 마음이 아니라 망상일지도 모르겠지만.

"원하면 얼마든지 보여줄게. 뭣 하면 만져도 돼."

"……대신에 저도 보여줘야 하겠죠? 안 속으니까요."

"아니, 딱히 그런 계획은 없는데……."

유즈루가 쓴웃음 짓자 아리사는 "그, 그랬나요"라며 조금 동요한 기색으로 머리카락을 만지작거렸다.

망상이 앞지르고 말았나 보다.

"하지만…… 딱히 다이어트를 해야 할 정도로 찐 것처럼 보이지는 않는데요? 갑자기 식습관을 바꾸거나 그러면 건강에 안 좋다고요?"

아리사는 얼버무리듯이 빠른 말투로 그렇게 말했다.

"하지만 빨리 손을 쓰지 않으면 나중에 더 힘들어지니까. 게다가…… 아리사는 근육 좋아하잖아?"

"꼬, 꼭 제 성벽이 근육이라는 듯한 표현은 그만해요……! 딱히 근육이 없든 살이 찌든, 유즈루 씨는 똑같이 유즈루 씨니까……."

"그래도 근육질인 나와 살이 찐 나라면, 전자 쪽이 더 좋겠지?"

유즈루도 아리사의 허리에 살이 붙거나, 반대로 가슴이나 엉덩이의 용량이 줄어들더라도 아리사는 아리사로서 여전히 좋아하지만…….

그러나 살찐 아리사보다는, 지금의 들어갈 곳은 들어가고 나올 곳은 제대로 나와 있는 아리사가 더 좋다.

　상대를 생각한다면 좋아하는 사람이 좋아하는 모습으로 있으려 하는 것은 당연한 일이다.

　"그건…… 뭐, 그래요……."

　"게다가 슬슬 여름방학이니까."

　아마도 아리사와 바다나 수영장에 갈 일도 있을 것이다.

　어쩌면 그곳에는 소이치로나 히지리, 그리고 여자애들도 있을지도 모른다.

　그때 칠칠치 못한 몸매로 가는 것은 좋지 않다.

　"알겠어요. 응원할게요."

　"……아리사는 안 해도 돼?"

　"……제가 살쪘다고, 말하고 싶은 건가요?"

　유감이라며 아리사는 미간을 찌푸렸다.

　"아, 아니…… 찐 것처럼 보이지는 않지만. 그게…… 너도 나름대로…… 먹었잖아?"

　"……아주 조금 더 먹은 것뿐이에요. 유즈루 씨만큼 먹지는 않아요."

　"하지만 '조금'은 먹었잖아?"

　"……."

　아리사는 턱에 손을 대고서 생각에 잠겼다.

　최근의 식생활, 식사량의 기억이 아리사의 뇌리에 펼쳐지고 있을 것이다.

마지막으로 아리사는 살며시, 자신의 배를 가볍게 건드렸다.

　"……체중계, 빌릴 수 있을까요?"

　"얼마든지."

　아리사는 말없이 체중계가 있는 세면대 근처로 향했다.

　그리고 잠시 후에 돌아왔다.

　"……살이 찌지는 않았어요."

　"그런가. 그건 다행이네."

　"……하지만, 저도 같이 할게요."

　"……찌지는 않은 거지?"

　"안 쪘는데요?"

　뭔가 불만이라도 있나요?

　그러고 싶다는 듯이 아리사는 유즈루를 노려봤다.

　미인의 화난 얼굴은 무섭다.

　"아, 아니아니…… 서, 설마…… 아리사가 함께한다면, 든든하지!"

　"맡겨줘요."

　아리사는 크게 끄덕였다.

　"앞으로는 저당질에 고단백을 의식할게요. 쌀 대신에 양배추와 콩비지. 채소는 브로콜리. 고기는 닭 가슴살일까요. 메뉴를 생각해야겠네요……."

　"어─, 아니, 딱히 그렇게까지 기합을 넣을 필요는……."

　"식단을 얕보는 건가요? 유즈루 씨. 할 생각은 있어요?"

"죄송합니다. 열심히 하겠습니다."

유즈루는 머리를 숙일 수밖에 없었다.

※

다이어트에 필요한 것은 크게 나누어서 두 가지.

하나는 식단 조절.

지방이 많은 것, 탄수화물 등은 최대한 피하는 것이 바람직하다.

또한 근육이 붙는 것을 생각하면 단백질 등을 섭취하는 것도 바람직하다.

또 하나는 운동이다.

그리고 운동은 크게 유산소 운동과 무산소 운동으로 나뉜다.

전자는 지방을 줄여주고, 후자는 근육이 잘 붙는다.

지방을 줄이고 싶다면 전자가 유효하지만, 근육이 붙으면 그만큼 대사량이 올라가서 효율도 좋아지니까 양쪽 다 밸런스 좋게 하는 것이 바람직하다.

특히 유즈루의 경우, 단순히 지방을 줄이고 싶은 것이 아니라 그것을 근육으로 변환하고 싶으니까──아리사의 약혼자로서 어울리는 육체를 얻고 싶으니까──, 근육 트레이닝은 필수였다.

그런 이유로…….

"둘이서 운동을 하죠."

다음 주 일요일.

유즈루의 방에 오자마자 아리사는 그런 말을 꺼냈다.

"흠, 둘이서 말이지…… 뭐, 괜찮은데."

다이어트도 하니까 유즈루는 혼자서 묵묵히 계속 운동을 해왔지만…….

혼자 해봐야 금세 질린다.

소이치로나 히지리를 부를 수도 있었지만, 두 사람도 항상 한가한 것도 아니었다.

그래서 아리사와 함께 근육 트레이닝을 할 수 있는 것은, 유즈루로서는 대환영이었다.

"하지만 둘이서 하려면…… 둘이 할 수 있는 운동 메뉴 같은 게 있을까?"

둘이 사이좋게 나란히 서서, 팔굽혀펴기나 윗몸일으키기를 한다.

……별로 즐겁지는 않을 것 같았다.

둘이서 함께 혼자서도 할 수 있는 일을 하는 것은 조금 공허하게 느껴진다.

"예. 가끔씩 동생이랑…… 메이랑 하니까요."

"……호오―."

아리사의 말에 문득 유즈루는 최근에 동생한테 받은 메시지를 떠올렸다.

최근 아리사의 사촌동생인 메이가 아유미에게 "아리사 씨

다이어트에 어울리느라 힘들어……"라고 투덜거린다……
는 이야기였다.

흐뭇한 이야기였다.

유즈루는 무심코 쓴웃음 지었다.

"……뭘 웃는 건가요?"

"어ㅡ, 아니, 아무것도 아니야. ……일단 옷 갈아입을까."

"그러네요. 저는 저쪽에서 갈아입을게요."

아리사는 그러면서 짐을 들고 욕실 쪽으로 ──세면대
가 있는 탈의실로── 사라졌다.

그리고 문을 닫았다가, 살짝 열었다.

"……엿보면 안 되니까요?"

"무슨 일이 있어도 보고 싶다면?"

"……그때는 보여줄게요."

보여주나 보다.

다만 무슨 일이 있어도 보고 싶은 것은 아니니까 ──보
고 싶은지를 묻는다면 그야 보고 싶지만, 그렇게까지 굶주
린 것은 아니니까── 부탁할 생각도 없지만.

유즈루는 적당한 티셔츠와 반바지로 갈아입고…….

잠시 후, 문이 열리고 아리사가 나왔다.

"……아니."

그리고 유즈루는 저도 모르게 눈을 부릅떴다.

아리사가 스포츠 브래지어에 숏팬츠뿐인 무척 대담한
모습으로 나타났으니까.

스포츠 브래지어는 가슴을 완전히 덮는 듯한 디자인이라 결코 야하지는 않았다.

그러나…… 노출이 많은 것은 사실이었다.

옆구리에서 어깨, 긴 다리, 그리고 날씬한 배와 예쁜 배꼽이 바깥 공기에 접촉하고 말았다.

"저, 저기…… 이, 이상, 한가요?

아리사는 조금 부끄러운 듯 유즈루에게 물었다.

유즈루는 뺨을 긁적이며 대답했다.

"아, 아니…… 뭐, 이상하지 않아. 기합이 충분하다는 느낌이라, 괜찮지 않나?"

눈을 둘 곳이 곤란했다.

그것이 유즈루의 본심이었다.

"그게, 이러는 편이 얼마나 빠졌는지…… 알기 쉬울까, 싶었거든요."

변명하듯 아리사는 그렇게 말했다.

자연스럽게 유즈루의 시선이 아리사의 복부…… 허리와 예쁜 모양의 배꼽으로 향했다.

언뜻 보기에는 살찐 것처럼 보이지는 않았다.

적어도 배가 나오지는 않았다.

여전히 날씬한 배라서 다이어트의 필요가 있다고 여겨지지는 않지만…….

"자, 잠깐만…… 보지 말아요."

유즈루가 그렇게 관찰하고 있었더니 아리사는 부끄러운

듯 배를 가렸다.

그리고 작은 목소리로 "……변태" 하고 중얼거렸다.

그럼 배꼽 같은 걸 안 내놓으면 되잖아.

유즈루는 그렇게 생각했지만, 그런 식이라면 "그렇다고 빤히 봐도 되는 건 아니에요!"라는 말이 돌아올 것은 명백했다.

"다이어트할 필요가 있는 것처럼은 안 보이는데……?"

다이어트를 지나치게 했다가 비쩍 마르지는 않을까?

유즈루는 살짝 그런 걱정이 들었다.

상대적인 의미로 '마르는' 것은 문제가 아니지만, 절대적인 의미로 '마르는' 것은 건강에 나쁘다.

"그렇게 보이나요?"

아리사는 조금 부끄러워하면서도 배를 가리고 있던 손을 치웠다.

또다시 세로로 긴 배꼽과 아름다운 굴곡이 모습을 드러냈다.

"잘록하기도 하고…… 문제는 없지 않을까?"

"언뜻 봐서는 그럴지도 모르지만…… 수치상으로는 조금 바뀌었어요. 게다가……."

"게다가?"

"복근이 있었으면 좋겠거든요."

"……흠."

유즈루는 울끈불끈 복근이 쪼개진 아리사의 모습을 떠

올렸다.

결코 나쁘지는 않다.

나쁘지는 않지만…….

"아, 아니…… 그게, 나로서는 지금의 아리사도 충분히 멋지다고……."

"말해 두겠는데, 초콜릿 복근이라든지…… 그런 수준은 아니니까 말이죠?"

아리사의 말에 유즈루는 안도하며 가슴을 쓸어내렸다.

아무리 그래도 근육 우락부락은 타입이 아니니까.

"그럼 어느 정도?"

"세로로 선이 생기는 정도가 예쁠까…… 해서."

그렇구나, 유즈루는 수긍했다.

확실히 그 정도라면 오히려 있는 편이 예쁠 것이다.

"그럼…… 시작할까. 그래서, 어떻게 할래?"

"그러네요. 그럼…… 복근 이야기를 한 참에, 복근 운동부터 시작할까요."

두 사람은 바로 근육 트레이닝에 착수하기로 했다.

우선 처음으로 두 사람은 서로 드러눕고, 그리고 무릎을 굽혔다.

그리고 다리를 꼬았다.

자기 다리로 상대의 다리를 고정하는…… 그런 모양새였다.

"이대로 손을 쓰지 않고 상체를 일으켜서…… 둘이서 하이파이브하는 거예요."

"그렇구나."

유즈루는 고개를 끄덕이고는 복근에 힘을 실어서 상체를 일으켰다.

그리고 동시에 상체를 일으킨 아리사와…….

짝!

손과 손을 맞댔다.

"몇 번 할래?"

"일단……."

아리사는 목표를 입에 담았다.

그 횟수는 유즈루가 상정하고 있던 횟수보다도 한층 더 많았다.

"그건 허들이 좀 지나치게 높은 것 같은데……."

"처음부터 약한 소리를 하면 어쩌나요! ……정말로 안 된다면, 나중에 목표를 내리면 돼요."

목표를 내리는 것은 간단하다.

그러니까 처음에는 일부러 어려운 목표를 설정한다…… 는 방향성인 듯했다.

유즈루로서는 가능할 것 같은 수준에서 조금씩 허들을 올리고 싶은 쪽이지만, 굳이 아리사의 주장에 정면으로 반대할 정도의 이유도 없었다.

"그럼 그렇게 하자."

이리하여 두 사람은 윗몸일으키기를 재개했다.

당연하지만 반복할 때마다 점점 힘들어진다.

열 번째를 넘었을 무렵에는 이미 상응하는 부담이 복근에 걸리기 시작했다.

그렇다고는 해도…….

'이건…… 의외로, 나쁘지 않네.'

상체를 일으키는 것은 힘들다.

하지만 일으킬 수 있다면…… 눈앞에 아리사가 있다.

아리사의 아름다운 외모. 땀으로 윤기가 느껴지게 젖은 아마포색 머리카락, 어렴풋이 붉게 물든 하얀 피부…….

그런, 어떤 의미로 포상이라 할 수 있는 것이 기다린다.

그렇게 생각하니 조금 모티베이션이 올라갔다.

아울러서 유즈루 안에서 '약혼자 앞에서 한심한 모습을 드러낼 수는 없지……!'라는 의식이 작동하여, 그것 또한 모티베이션으로 이어지고 있었다.

얼핏 보면 장점밖에 없는, 이 방법.

……그러나 의외의 약점이 있었다.

"……윽, 하아……!"

"……아리사, 괜찮아?"

유즈루는 자신보다 한 박자 늦게 상체를 일으킨 아리사에게, 그렇게 물었다.

그 말에 아리사는 조금 억지스러운 미소를 지었다.

"괘, 괜찮아요……!"

유즈루는 남자.

그리고 아리사는 여자.

아리사 쪽이 아무래도 늦어지는 경향이 있었다.

"중간에 조금 쉬어도……."

"아, 앞으로…… 앞으로, 열 번, 이니까요!"

아리사가 가능하다고 말하는 이상, 유즈루도 멈출 수는 없었다.

그리고 유즈루가 아리사를 '기다리는' 시간은 서서히 늘어나고는 있었지만…….

최종적으로 어떻게든 둘이서 50번을 해냈다.

"허억…… 허억…….."

윗몸일으키기를 마친 뒤, 아리사는 바닥에 큰대자로 축 늘어졌다.

숨을 쉴 때마다 커다란 가슴이 위아래로 움직였다.

하얀 피부에는 구슬 같은 땀이 맺혀 있었다.

괴로워 보이는 아리사에게는 미안한 일이지만, 유즈루는 '예쁘구나'라는 감상을 품고 말았다.

"미안해요…… 유즈루 씨."

호흡을 가라앉힌 뒤, 아리사는 유즈루에게 사죄했다.

발목을 잡아서 미안해요…… 그런 의미였다.

이 말에 유즈루는 고개를 가로저었다.

"아니, 신경 쓸 것 없어."

"그런, 가요…… 하지만 이 방식은 좀, 개선하는 편이 나을지도 모르겠네요."

"……뭐, 확실히. 자신의 페이스로 하는 편이 나을지도."

윗몸일으키기는 서로 발을 누르는 것만으로도 충분할 것이다.

그런 결론에 다다랐다.

그 후, 두 사람은 서로의 어깨에 손을 얹고 스쿼트를 해 보거나, 둘이서 손을 맞대고서 밀어 등 근육을 단련해 보거나 했다.

……혼자서 한다 해도 가능할 것들 같지만, 굳이 그런 걸 따지기도 촌스럽다.

둘이서 하니까 순조롭게 진행되는 일면도 있는 것이다. 아마도.

그리고 다음 근육 트레이닝을 위해서 유즈루는 아리사가 시키는 그대로의 자세를 취했는데…….

'……이 자세는 위험한 거 아닐까?'

문득 유즈루는 생각했다.

그 자세는, 팔꿈치로 엎드린 아리사의 발목을 유즈루가 들어올리는…… 그런 형태였다.

그리고 유즈루는 앞으로 몸을 기울이며 팔을 당긴다.

아리사는 복근을, 유즈루는 등 근육을 단련하는…… 것이라고 한다.

근육 트레이닝 방법 그 자체는 위험하지 않았다.

위험한 것은 유즈루의 시야에 비치는 것.

'가, 가까이서 보니, 박력이 다르네…….'

요컨대 숏팬츠로 감싸인 아리사의 둔부였다.

평소에 유즈루가 아리사의 둔부를 볼 일은 거의 없다.

정면으로 마주하고서 대화할 일은 있지만, 등을 보면서 대화할 일은 거의 없으니까.

애당초 흉부와 달리 그런 아래쪽까지는 아무래도 의식이 쉽게 향하지 않는다.

하지만 현재 상황은 달랐다.

마침 시선 바로 앞에 아리사의 여성스럽게 둥근 둔부가 있었다.

게다가 입고 있는 것은 바지나 치마가 아니라 숏팬츠다.

그 탓에 아리사의 아름다운 둔부 형태가 강조되는 것처럼 보였다.

'어, 어라…… 이거, 혹시…….'

그리고 유즈루는 어떤 가능성에 다다랐다.

'아, 안 입었어……?'

이만큼 몸의 선이 드러나는 옷을 입고 있다면, 속옷의 선이 드러나더라도 이상하지는 않았다.

하지만 언뜻 봐서 그런 것은 볼 수가 없었다.

어쩌면 아래에 아무것도 안 입었을지도 모른다.

물론 잘 안 드러나는 것을 입고 있을 뿐일 가능성도 있었다.

하지만 이것만큼은 실제로 관측하지 않고서는 알 수가

없다.

중요한 것은 진실이 아니라 가능성의 유무다.

그렇게 유즈루는 헛된 상상력을 발동해 버리고…… 그다지 좋지 않은 기분이 들고 말았다.

황급히 시선을 피하자 이번에는 숏팬츠에서 뻗은 길고 아름다운 다리가 시야에 비쳤다.

다시 시선을 피하자 다음은 땀으로 젖은 새하얀 등이 비쳤다.

아무래도 어디를 보더라도 '위험'하다는 사실에는 변함이 없을 듯했다.

"유즈루 씨……? 시작 안 하나요?"

"어? 어, 어어…… 미안해."

아리사의 재촉에 유즈루는 다급하게 트레이닝을 다시 시작했다.

최대한 의식을 아리사가 아니라 스스로의 근육에 집중시키고…….

그리고 시간은 조금 거슬러 올라간다.

"허억…… 허억……."

유즈루의 눈앞에는 땀으로 몸을 적시며 힘겹게 신음하고 있는 아리사의 모습이 있었다.

보는 사람의 보호 욕구를 불러일으키는, 배덕적이고 고혹적인 모습이었다.

그에 이끌리고 마는 것은 남성이라면 어쩔 수 없는 일이고, 유즈루도 예외가 아니었다.

"그, 아리사, 좀 쉬지 않을래? ……나도 힘드니까."

"……아, 알겠어요. 그렇게, 하죠."

이래저래 한계에 가까웠던 유즈루는 아리사에게 그리 제안하고, 간신히 아리사는 휴식을 받아들여 주었다.

아리사는 거칠게 숨을 쉬며 일어서서 바닥에 앉았다.

"자, 수건."

"고마워요."

유즈루가 수건을 건네자 아리사는 몸에 묻은 땀을 훔치기 시작했다.

우선 얼굴, 머리카락, 목덜미, 팔, 가슴 아래, 겨드랑이 아래를 순서대로 닦았다.

어느샌가 유즈루는 그런 아리사를 바라보고…….

그리고 문득 시선이 마주치고 말았다.

"복근이…… 부들부들하네요."

아리사는 조금 힘겨운 듯, 하지만 만족스럽게 자신의 배를 만지며 그렇게 말했다.

꽉 조인 배가, 예쁜 세로형 배꼽 주위가 가늘게 떨리는 것을 알 수 있었다.

자각이 없는지, 아니면 일부러 그러는지.

약혼자의 고혹적인 그 행동에 유즈루는…….

"있잖아…… 아리사."

천천히 아리사와의 거리를 좁혔다.

"예, 뭔가요…… 히얏!"

무심코 아리사는 목소리를 높였다.

유즈루가 아리사의 양쪽 어깨에 손을 얹었기 때문이었다.

"아리사."

유즈루는 촉촉한 아리사의 하얀 어깨를 붙잡고, 그리고 곤혹스러운 표정을 짓는 아리사의 얼굴로 자신의 얼굴을 천천히 가져가고…….

"키스하면, 안 될까?"

더는 참을 수 없었던 욕망을 입에 담았다.

"예……? 키, 키스……라고요?!"

유즈루의 말에 아리사는 놀란 목소리를 높였다.

당황해서 그런지 시선을 격렬하게 헤맸다.

하지만 유즈루는 그런 아리사의 얼굴을, 비취색 눈동자를 들여다보며 말했다.

"응. ……안 될까?"

"아, 아니, 그, 그건, 그게…….."

아리사는 동요하며 자신의 입술에 가볍게 손을 댔다.

그리고 어렴풋이 떨리는 목소리로 유즈루에게 물었다.

"그, 그게…… 입술, 인가요?"

"물론이야."

유즈루의 말과 동시에 아리사는 피부를 장밋빛으로 물

들였다.

그리고 부끄러운 듯 꾸물꾸물했다.

"이, 입술이 아니면…… 아, 안 되나요?"

그리고 유즈루를 올려다보며 물었다.

유즈루와 아리사가 퍼스트 키스를 나눈 뒤, 슬슬 2주가 지나고 있었다.

그동안에 두 사람은 한 번도 키스를 하지 않았다.

처음 키스를 했다고 해서 가볍게 두 번째를 할 수 있을 만큼 두 사람은 되바라지지 않았고…….

무엇보다도 첫 번째로 어느 정도 만족했으니까.

유즈루 쪽은 아리사에게 키스를 하고 싶다는 강한 욕구는 샘솟지 않았다.

그리고 아리사 쪽은…… 적어도 자신이 먼저 유즈루에게 "키스하고 싶다"라고는 말하지 않았다.

그런 가운데, 갑작스러운 유즈루의 '키스 요구'에 아리사는 살짝 허둥대고 말았다.

하지만 유즈루 쪽은 그런 아리사의 태도에 더더욱 욕구가 끓어오르고 말았다.

"하고 싶어. ……싫어?"

"시, 싫지는…… 않은데요……."

평소보다도 더욱 적극적인 유즈루의 태도에 아리사는 동요했다.

"어, 어째서…… 갑자기?"

아리사는 유즈루에게 그리 물었다.

확실히 키스를 원하는 것치고는 너무나 갑작스러웠다.

하지만 그것은 아리사 입장의 이야기.

"……참는 게 힘들어졌어."

"차, 참는 게……."

"네가 너무나도 매력적이니까. ……안 될까?"

좋아하는 사람의 고혹적인 모습을 눈앞에서 봤는데 그런 마음이 생기지 않는 남자는 많지 않다.

억누르고 있던 욕구가 넘쳐나고 만 것이었다.

"그, 그게…… 지금은 땀을 흘렸고, 근육 트레이닝 도중이고…… 그, 그게, 끝난 다음에라든지, 안 되나요……?"

아리사는 애원하듯 유즈루에게 그리 말했다.

지금 아리사는 땀범벅이고, 조금이지만 냄새가 난다……고 아리사는 생각하고 있었다.

키스를 할 정도로 가까우면 당연히 유즈루가 그 냄새를 맡고 만다.

땀 냄새가 난다고 유즈루에게 여겨지는 것은 싫었다.

……그것은 어디까지나 변명이다.

아리사로서는 키스를 하더라도 조금 더 마음가짐을 갖추고 싶다는 것이 본심이었다.

"안 돼."

"어, 어어……."

부정하는 유즈루의 말에 아리사는 지독히 동요했다.

이제까지의 패턴이라면, '여자로서 땀 냄새가 난다고 여겨지고 싶지는 않다'라는 핑계를 전면에 내세우면 유즈루는 물러나 주었다.

그 정도는 헤아리고 배려하는 게 유즈루였다.

하지만 이번에는 그것을 넘어섰다.

"지금 하고 싶어."

"아, 아니, 하지만…… 그게, 냄새가……."

"신경 안 쓰니까."

유즈루가 그러면서 크게 양팔을 벌렸다.

그리고 알아차렸을 때에는 아리사는 유즈루에게 안겨 있었다.

구속당했다고 해도 된다.

"……날 위해서, 힘내 주지 않을래?"

유즈루는 아리사의 귓가에 그렇게 속삭였다.

동시에 오싹한 무언가가 아리사의 등줄기를 지나가고, 그리고 어느샌가 아리사의 몸에서 힘이 빠져나갔다.

"알……겠어요."

아리사는 작게 끄덕였다.

아리사의 대답을 듣고 유즈루는 그녀를 풀어 주었다.

"……고마워."

아리사는 유즈루의 얼굴을 보며 그렇게 말했다.

그러자 아리사는 부끄러운 듯 고개를 숙였다.

유즈루는 그런 아리사의 손을 잡고 가볍게 손등에 입술

을 댔다.

아리사는 하얀 어깨를 가늘게 떨었다.

다음으로 유즈루는 그 하얀 어깨를 양손으로 붙잡고 아리사의 몸을 자기 쪽으로 끌어당겼다.

그리고 아마포색 머리카락에 얼굴을 가져다 댔다.

"거, 거긴……."

냄새를 신경 쓰고 있던 아리사는 살짝 저항의 의지를 드러냈다.

하지만…….

"아리사의 냄새가 나."

그런 말과 동시에 유즈루는 아리사의 머리카락에 입술을 댔다.

그리고 가볍게 머리카락을 입에 머금었다.

그것만으로 아리사의 자그마한 저항은 간단히 박살났다.

"아…… 아……. 유, 유즈루 씨…… 거, 거긴……."

목덜미를 가볍게 빨아 들이자 아리사는 달콤한 목소리를 높였다.

그대로 유즈루가 살며시 아리사의 등을 쓰다듬자 그녀는 가늘게 몸을 떨었다.

그리고 유즈루는 아리사의 귓가에 속삭이듯 물었다.

"아리사. 사실은 하나, 신경 쓰이는 게 있는데……."

"응…… 뭘까요?"

"어째서, 이런 옷을 입었어?"

움찔, 아리사는 몸을 떨었다.

"우, 움직이기 편할 것 같아서……."

"티셔츠랑 반바지라도 문제없었잖아?"

"그, 그건…… 그게…… 배를 드러내는 게, 더 실감이 날 것 같다고…… 아앙."

유즈루는 아리사의 귀에 가볍게 입술을 댔다.

"솔직하게."

"저, 정말이라고요? ……바, 반쯤은."

"나머지 반은?"

"……비밀이에요."

아리사의 말에 유즈루는 무심코 표정이 풀어졌다.

그리고 아리사의 뺨에 입술을 가져다 댔다.

그다음으로 아리사의 턱에 가볍게 손을 대고 위로 들어 올렸다.

아리사는 살짝 눈을 감았다.

두 사람의 입술이 겹쳐졌다.

몇 초 후…… 두 사람의 입술이 천천히, 떨어졌다.

아리사는 조금 부끄러운 듯 눈을 내리깔며 유즈루에게 물었다.

"……만족했나요?"

"……조금 더 하고 싶어."

유즈루가 솔직히 그렇게 말하자 아리사는 고개를 크게 가로저었다.

그리고 양손으로 유즈루의 가슴팍을 힘껏 밀었다.

"지금은 안 돼요."

"……지금은?"

"……끝난 다음의 포상이라는 건, 어떤가요?"

"그건 좋은 생각이야."

이후로 잔뜩 근육 트레이닝을 했다.

※

"꽤나, 하드했네요……."

"그러네. ……힘들어."

예정했던 메뉴를 마친 두 사람은 축 늘어져서는 중얼거렸다.

시각은 이미 저녁.

몇 시간, 근육 트레이닝은 물론이고 밖에서 러닝 등을 한 결과…… 두 사람은 완전히 지쳐 있었다.

포상의 키스……를 하고 싶은 참이지만, 이미 그런 기력은 남아 있지 않았다.

애당초 머릿속에서 사라진 상태였다.

"유즈루 씨. 샤워를 좀 해도 될까요?"

아리사가 조심스럽게 묻자 유즈루는 작게 끄덕였다.

유즈루도 땀을 씻어 내고 싶은 기분이었지만 아리사가 우선이었다. ……여자 쪽이 더 땀을 신경 쓰는 것은 당연한 일이었다.

아리사는 유즈루에게 감사의 말을 건넨 뒤, 탈의실로 향했다.

탈의실로 들어가서 스포츠 브래지어와 숏팬츠를 벗었다.

둘 다 땀으로 흠뻑 젖어 있었다.

그리고 욕실로 들어가서 샤워기를 틀었다.

몸에 흠뻑 묻어 있던 땀을 씻어냈다.

"하아—."

무심코 아리사는 소리를 높였다.

그리고 땀을 씻어낸 아리사는 배를 가볍게 만지며 중얼거렸다.

"벌써 배가 아프기 시작했어……."

장시간 배를 드러내고 있었으니까 배탈이 난…… 것은 아니었다.

단순히 근육통이었다.

"하지만 이걸로 좀 탄탄해졌을까……?"

아리사는 그러면서 자신의 복근을 손가락으로 가볍게 눌러봤다.

어쩐지 오늘 아침보다도 단단해지고, 조금이지만 가늘어진 것 같은 느낌이었다.

물론 기분 탓이었다.

단순히 저녁식사 전이니까 배가 들어갔을 뿐이었다.

그렇지만 중요한 것은 '그런 것 같다'라고 느끼는 것……

요컨대 빠졌다는 실감을 가지는 것이다.

"그건 그렇고 유즈루 씨는 정말이지…… 절 너무 좋아하 잖아요."

아리사는 무심코 표정이 풀어졌다.

아리사는 유즈루의 시선이 이따금 자신의 몸으로 향하 던 것을 알아차렸다.

그렇다기보다는 애당초 그것이 목적이었다.

'덕분에 키스도…… 할 수 있었고.'

첫 키스 이후로 2주.

아리사는 유즈루가 자신을 원하지 않는다는 사실이 불 만이었다.

애써 키스를 할 수 있게 되었다.

조금 더 많이 해서 익숙해지지 않는다면 또 할 수 없게 되어버릴지도 모른다.

하지만…… 자기가 먼저 부탁하는 것은 부끄럽다.

그래서 살짝 유혹해 본 것이었다.

조금 더 자신을 원하도록.

그리고 그 계획은 성공했다.

다만 땀범벅인 상태에서 키스를 하게 될 줄은 몰랐기에, 조금 곤혹스러웠지만.

"정말이지. 아무리 제가 매력적이라고 해도…… 너무 몰 두했다고요."

기분이 좋아진 아리사는 신이 나서, 자기용 비누를 사용하여 ——유즈루의 방 욕실에는 이미 '아리사용'의 샴푸랑 바디클렌저 등이 있었다—— 몸을 씻었다.

그리고 문득 깨달았다.

목덜미에 붉은 무언가가 있었다.

수건으로 문질러 봤지만 어째선지 지워지지 않았다.

벌레에 물렸나?

하지만 딱히 간지러운 것도, 아픈 것도 아니었다.

무엇일까 아리사는 고개를 갸웃거리다…….

그 정체를 깨달은 순간, 얼굴을 새빨갛게 물들였다.

그리고 잠시 후…….

닭 가슴살과 브로콜리를 메인으로 한 저당질 저녁을 먹은 아리사는 귀갓길에 접어들었다.

물론 유즈루도 함께했다.

"저기…… 아리사."

"뭔가요?"

유즈루의 말에 아리사는 조금 차갑게 대답했다.

……어찌된 영문인지 근육 트레이닝을 마친 뒤로 아리사는 유즈루에게 차가웠다.

"아리사는…… 야키니쿠*는 어때?"

"예? ……아니, 뭐, 싫어하진 않는데요."

---

*일본의 고깃집. 재일 한국인에 의해 시작된 터라 한국식이라는 인상이 강하며 한식을 판매하는 경우도 많다.

유즈루의 갑작스러운 물음에 아리사는 곤혹스러워하면서도 끄덕였다.

그렇게까지 경험이 많지는 않지만, 고깃집에 간 적은 당연히 있었다.

숯불, 구운 고기의 향기, 단맛이 강한 소스와 기름, 그리고 쌀밥……

그런 단어가 아리사의 뇌리에 떠오르고 자연스럽게 침이 나왔다.

"유즈루 씨 탓에 먹고 싶어졌잖아요!"

아리사는 분노한 목소리를 높였다.

지금은 다이어트 중…… 야키니쿠라니, 언어도단이다.

"아, 아니…… 혹시, 다이어트가 끝나면 먹으러 갈까 해서."

유즈루는 변명하듯 말했다.

자기만 욕망을 참는 것은 힘드니까 아리사한테도…… 그런 사심이 있었던 것은 비밀이다.

"……좋은 가게를 알고 계신가요?"

아리사는 유즈루에게 물었다.

아리사의 약혼자, 타카세가와 유즈루는 조금 미식가인 구석이 있었다.

평소에 학교 주변이나 자택 주변, 역 주변에서 새로운 가게를 개척한다는 사실을 잘 알고 있었다.

"가격은 나가지만…… 뭐, 그럭저럭."

"그렇다면…… 생일에 데려가 줘요."

약 한 달 뒤, 마침 아리사의 생일을 맞이한다.

다이어트에 애쓴 포상으로, 마무리로는 딱 적절했다.

생일에 고기를……? 한순간 유즈루는 그렇게 생각했지만, 당사자인 아리사가 바란다면 불만은 없다고 유즈루는 끄덕였다.

"알았어, 그러자. ……저기, 고기를 먹는 게 생일 선물이라는 걸로 괜찮을까?"

"아뇨, 당연히 고기는 각자 내야죠."

아리사는 단호하게 대답했다.

수천 엔, 어쩌면 만 엔을 넘어가는 고기를 얻어먹을 만큼 아리사는 뻔뻔하지 않았다.

……이전에 프러포즈를 받았을 때는 얻어먹었지만, 그것은 유즈루가 꼭 그러겠다고 했으니까.

"그런가."

한편 유즈루는 '여자한테 고기를 먹는 게 선물이라니 아무리 그래도 너무하겠지' 같은 생각을 했다.

그리고 문득 떠올렸다.

"이, 있잖아…… 아리사. 좀 다른 이야기이긴 한데……."

"이번에는 뭔가요?"

"포상인 키스 쪽은…… 그게, 안 될까?"

유즈루는 조심스럽게 그리 물었다.

그러자 아리사는 살짝 얼굴을 붉히고, 수줍은 듯 시선을 피하고, 그리고 일부러 그러듯이 헛기침을 했다.

"어흠, 그게 말인데요…… 할 이야기가 좀 있어요."

"……저기, 뭐야? 또 다른 곳에 해달라든지?"

"아, 아니에요! 진지한 이야기예요!"

아리사는 고개를 크게 가로저었다.

그리고 마음을 다잡듯이 팔짱을 끼고서 유즈루를 노려봤다.

"살짝…… 화났어요. 어째서 그렇다고 생각하나요?"

"아니……."

어째서 아리사가 화가 났나.

유즈루는 고개를 갸웃거렸다.

짚이는 것이 있다면, 키스가 조금 억지스러웠다……는 정도였다.

하지만 유즈루로서는 최선을 다해서 단계를 밟았다 생각하고, 무엇보다 아리사도 아주 마음이 없지는 않은 것처럼 보였다.

"어―, 키스가 조금 억지스러웠을까?"

"그건…… 뭐, 뭐어, 그건 그것대로 괜찮아요. 하지만."

아리사는 살며시 자신의 목덜미를 만졌다.

자연스럽게 유즈루의 시선은 아리사의 목덜미로 향하고, 유즈루는 간신히 깨달았다.

벌레에 물린 것처럼 붉은 무언가가 있었다.

"이거예요, 이거……. 어, 어떻게 할 거예요?!"

"저기…… 벌레 물렸어?"

"……꽤나 커다란 벌레가 있었거든요."

아리사가 빤히 노려보자 유즈루는 간신히 깨달았다.

아리사의 목덜미에 있는 그것은 내출혈이었다.

강하게 빨면 생기는…….

이른바 키스 마크였다.

만든 것은 유즈루였다.

"어…… 아, 아니 딱히 이럴 생각은 없었다고 할까…….”

확실히 유즈루는 키스를 할 때에 조금 강하게 빨았다.

하지만 그것은 어디까지나 평소와 비교했을 때의 이야기, 평소라면 도저히 키스 마크가 생길 리는 없었다.

하지만 아리사의 피부는 보통 여자보다도 민감하고 약했다.

그래서 작은 자극에도 빨개져 버리는 것이었다.

"이번에는 반창고로 가릴 거지만…….”

아리사는 자신의 목덜미에 생긴 키스 마크를 손으로 건드렸다.

부끄럽다는 기분은 강하지만, 그러나 유즈루와 사랑을 나눈 증거라는 의미에서는 나쁜 기분은 아니었다.

"다음부터는 한마디, 해줘요.”

"……허가를 받으면 만들어도 되는 거야?"

무심코 유즈루가 그렇게 묻자 아리사는 눈을 크게 떴다.

그리고 뺨을 긁적였다.

"뭐, 뭐어…… 기분에 따라서 다르겠지만, 보이지 않는 곳이라면……."

"보이지 않는 곳이라면, 무척 아슬아슬한 곳이 될 것 같은데……."

"역시 안 돼요!"

그런 대화를 나누는 사이…….

어느샌가 두 사람은 아리사의 집 앞에 와 있었다.

"그럼 아리사. 오늘은……."

"잠깐만요!"

아리사는 유즈루를 붙들었다.

그리고 팔을 살짝 펼쳤다.

"저기……."

"……작별의 허그가, 아직이에요."

부끄러운 듯 아리사는 그렇게 말했다.

유즈루는 말없이 끄덕이고 크게 양팔을 벌렸다.

그리고 힘껏 아리사를 끌어안았다.

희미하게 샴푸 향기가 났다.

몇 초, 아리사를 끌어안고 유즈루는 떨어지려고 했다.

하지만 아리사는 유즈루를 풀어주지 않았다.

"아리사……?"

"……유즈루 씨."

아리사는 유즈루를 올려다봤다.

"……눈을 감아요."

시키는 대로 유즈루는 눈을 감았다.

그러자 입술에 부드러운 것이 닿았다.

"……포상이에요."

정신이 들자 유즈루의 품에서 빠져나간 아리사는 등을 돌리며 그렇게 말했다.

"그, 그럼…… 내일 봐요!"

그리고 조금 허둥대는 기색으로 아리사는 집 안으로 뛰어 들어갔다.

유즈루는 멍하니 자신의 입술을 만지고…….

무심코 미소 지었다.

※

6월 말, 모일.

"일단…… 뭘 주문할까? 우설, 안창살, 갈비…… 이 정도는 정석이라고 생각하는데."

"내장은 어떤가요?"

"좋네. 그럼 그쪽을 대충…… 아, 그렇지. 육회는 먹을 줄 알아?"

"예, 괜찮아요."

"그럼 육회도 추가하고…… 채소는 어떻게 할래?"

"샐러드도 주문할 생각이에요. 이 샐러드도…… 그리고 상추도 주문하죠."

"그런가. 그럼 남은 건 요리일까…… 꼬리곰탕이랑 돌솥비빔밥도 주문할까. 아리사는?"

"……그렇게나 먹을 수 있겠어요?"

"둘이서 먹으면 괜찮겠지."

"하지만 칼로리가…….."

"오늘 정도는 괜찮잖아."

"……그럼, 냉면을."

두 사람은 야키니쿠 집에 왔다.

주문을 마치고 잠시 후, 음료와 밑반찬인 김치가 나왔다.

"그럼 아리사. 생일, 축하해."

"예, 고마워요."

둘이서 가볍게 건배했다.

그리고 이어서 나온 고기를 구워서 먹기 시작했다.

"아아…… 맛있어요…….."

아리사는 뺨에 손을 대며 행복한 듯 그렇게 말했다.

평소에 아리사는 손이 가는, 섬세한 가정요리를 즐겨 만드는 인상이 있지만 이런 요리——애당초 고기를 굽기만 하는 게 요리인가 하면 조금 의문이 남지만——도 좋아하는 듯했다.

'뭐, 애당초 야키니쿠 싫다는 사람은 거의 들어본 적이 없지만…….'

고기 자체를 싫어하는 사람이라면 모를까, 대부분의 사람은 좋아할 것이다.

그리고 고기를 싫어하는 사람이 없다고는 못 하지만, 그렇게 많지는 않다.

적어도 채소를 싫어하는 사람과 비교하면.

"여기 우설, 맛있네요. 두꺼워서……."

"그럼 추가할까."

"…………그렇게 하죠."

조금 망설인 끝에 아리사는 끄덕였다.

그 후, 고기만이 아니라 요리도 나왔다.

꼬리곰탕, 돌솥비빔밥, 냉면을 함께 나누어 먹었다.

"저기, 아리사. 마늘 호일 구이, 추가해도 될까?"

"딱히 상관은 없는데…… 조심할 이유가 있나요?"

"아니, 그게…… 냄새가 있잖아? 혹시 싫어하지 않을까 해서……."

입에서 마늘 냄새가 나는 남자친구는 싫을까?

그런 생각을 하며 유즈루는 아리사에게 물었다.

한편 아리사는…….

"전혀, 괜찮아요. 저도 먹을게요."

"어, 정말?"

"같이 냄새가 나면 되잖아요."

마늘.

둘이서 먹으면 무섭지 않아.

그런 이유로 뒷일은 신경 쓰지 않고, 두 사람은 마늘을 추가로 주문했다.

"그러고 보니 아리사. 생일 선물 말인데……."

"어, 아, 예. 준비해 주셨나요?"

조금 놀란 표정으로 아리사는 그렇게 말했다.

고기만으로도 충분히 비싸니까——. 물론 각자 내기는 하지만, 그것을 고려하더라도 비싸니까——, 여기에 선물까지 사는 것은 금전적인 부담이 조금 지나치게 크다.

아리사는 그렇게 생각했다.

이미 넌지시 유즈루에게는 "없어도 되니까요"라고 이야기해 둔 것이었다.

"뭐, 대단한 건 아니지만."

"그건…… 고마워요."

아리사는 솔직하게 받아들였다.

여기서 "준비할 필요 없었는데" 같은 소리를 하지는 않았다.

유즈루의 호의를 짓밟는 짓이 되니까.

"하지만, 주는 건 다음 기회에 해도 될까? 집에 있으니까 말이지."

"과연…… 그렇군요. 알겠어요."

한순간 어째서 집에 두었을까? 아리사는 그런 생각이 들었지만, 눈앞에 피어오르는 연기를 보고 금세 납득했다.

이런 곳에 선물을 가져온다면 선물에 고기 냄새가 배어 버린다.

그리고 두 사람은 그 후에도 순조롭게 고기를 구워서 위장으로 집어넣었다.

슬슬 배가 부르다고 유즈루가 느낄 무렵에…….

"유즈루 씨, 메뉴판 좀 줘요."

"그건 괜찮은데…… 아직 더 먹게?"

유즈루는 조금 놀라며 아리사에게 그리 말했다.

유즈루도 무척 먹었지만, 아리사 역시도 상당한 양을 먹었다.

물론 남자인 유즈루 정도는 아니지만…… 아리사의 평소 식사량을 생각하면 한계일 터였다.

"아뇨. 이만 끝내기로 할게요."

"그러면……."

"그러니까 디저트를 주문할까 해서요."

끝내겠다. '그러니까' 디저트를 주문하겠다.

그 접속사의 사용법이 과연 맞을지, 유즈루는 조금 의문으로 생각했다.

거기는 '그러나'가 아닐까.

"유즈루 씨는 주문할래요?"

"음…… 어떻게 할까…….."

"전 이걸로 할 생각이에요."

그렇게 말하면서 아리사가 디저트 페이지를 보여주자 유즈루는…….

"그럼, 주문할까…….."

결국 주문하기로 했다.

그리고 디저트를 모두 먹은 두 사람은 배를 문지르며 가게를 뒤로했다.

"배, 힘드네요……."

가게를 나선 뒤, 아리사는 배를 문지르며 말했다.

유즈루도 마찬가지로 자신의 배를 만졌다.

……상당히 먹고 말았다.

"……이건 다이어트, 다시 시작인가."

"뭐, 뭐어, 오늘뿐이니까. 이 정도로 그렇게 많이 찌진 않아요."

마치 스스로에게 변명하듯 아리사는 그렇게 말했다.

다만 여름방학까지는 아직 시간이 좀 있다.

앞으로도 제대로 계속 다이어트를 한다면, 이번에 먹는 것 정도는 충분히 되돌릴 수 있을 것이다.

그런 대화를 나누는 사이, 아리사의 집 앞에 도착했다.

"그럼 유즈루 씨. 내일 봐요."

"응, 내일 봐."

두 사람은 그런 대화 후, 서로 끌어안았다.

그리고 키스를 하려…….

"……오늘은 그만두죠."

"……그러네."

마늘을 먹을 것을 떠올리고 그만뒀다.

"킁킁…… 좋은 냄새가 나네요, 아리사 씨."

"잠깐…… 맡지 말아요!"

귀가 후, 메이가 옷에 밴 냄새를 맡자 아리사는 부끄러운 듯 거리를 벌렸다.

그리고 자기 옷의 냄새를 맡았다.

고기 향기가 났다.

냄새 자체는 식욕을 돋궈 주니까 결코 나쁘지 않았다. ……사람한테서 난다는 점을 제외하면.

"갈아입고 올게요. ……구취 제거제는 있었던가요?"

"냉장고에 있었을 거예요. ……뭐 냄새나는 거라도 먹었나요?"

"마늘을, 좀……."

"그렇군요."

아리사는 총총히 방으로 돌아가 평상복으로 갈아입었다.

그리고 양치질을 하고, 거기에 입 냄새 제거제를 먹었다.

"이렇게 말하는 건 그렇지만…… 남자친구랑 데이트하면서 잘도 마늘을 먹었네요?"

"아, 아니…… 먹고 싶다고 그런 건 유즈루 씨니까……."

"그래서 사이좋게 냄새가 뱄군요."

"뭐, 그러네요. 둘이서 먹으면 냄새는 없는 거나 마찬가지예요."

"……대체 무슨 논리인가요."

아리사의 억지스러운 이론에 메이는 쓴웃음을 지었다.

그렇지만 메이도 마늘은 싫지 않았다.

혹시 고깃집에 가서 친구가 마늘을 주문한다면 참을 수는 없었을 것이다.

"그런 느낌이라면 여전히 사이가 좋은 모양이네요."

"예, 예에…… 뭐."

헤실, 아리사는 히죽거리는 표정을 지었다.

메이는 내심 '기분 나쁜 얼굴이네……'라고 생각하면서도, 언니가 행복해 보인다는 사실에는 좋은 일이라며 동생으로서 만족스럽게 끄덕였다.

"좋은 일이에요. 제 인생 계획에는, 아리사 씨가 타카세가와 씨와 잉꼬부부로 있어야 한다는 조건이 있으니까, 이대로 열심히 해줘요."

"남의 사랑을 인생 계획에 집어넣진 말아요."

아리사는 쓴웃음 지었다.

다만 가문을, 회사를 이어받고 싶다는 의사를 분명히 하고 있는 메이로서는, 아리사가 아마기 가문과 타카세가와 가문을 계속 이어주는 것은 무척 중요한 일이리라.

"참고로 메이는 누군가…… 좋아하는 사람이라든지, 있나요?"

"어ㅡ, 어떨까요? 지금으로는 신경 쓰이는 남자는 딱히 없네요…… 다들 어린애 같아서…….”

메이는 작게 어깨를 으쓱였다.

확실히 메이는 또래 여자들과 비교해도 무척 어른스러웠다. (조숙하다고도 할 수 있었다.)

남자는 여자보다도 정신적으로 발달이 조금 늦어지는 경향이 있다는 것을 생각하면, 메이가 보기에 또래 남자는 다들 어린애같이 보이고 말 것이다.

“그럼 연상이라든지?”

“연상인가…… 으—응, 하지만 남자 선배하고는 그렇게까지…… 유지 선배는 타카세가와 선배 거고…… 아! 하나, 있네요. 멋진 사람이!”

“호오…… 어떤 사람인가요?”

“저보다 네 살 연상이고, 푸른 눈동자의 남성이에요. 어느 명문가의 후계자인데…….”

그런 인물, 아리사는 한 사람밖에 모른다.

타카세가와 유즈루다.

싱글싱글하는 표정으로 자신을 보는 메이에게, 아리사는 작게 한숨을 내쉬었다.

“안 됐지만…… 그 사람한테는 메이 말고 좋아하는 사람이 있으니까, 이룰 수 없는 사랑이겠네요.”

슬픈 목소리로 아리사는 그렇게 말했다.

화를 내든지 질투하든지, 그런 반응을 기대하던 메이는 겸연쩍은 표정을 지었다.

"그만해요. ……제가 차인 것 같잖아요."

"유즈루 씨는 가슴이 큰 여성을 좋아하니까, 메이한테는 무리겠네요—."

"가, 가슴은 앞으로 커질 거예요! 성장기라고요?"

"그러네요. 뭐, 제가 메이 또래일 때는 조금 더 컸던 것 같지만……."

도발하듯 아리사는 가슴을 내밀었다.

한편 메이는 으그그, 분하다는 표정으로 아리사의 가슴을 노려봤다.

……최근에 또 커진 거 아닐까?

같은 친족지간일 텐데도, 사촌끼리 이렇게나 차이가 나느냐고 메이는 자신의 유전자에게 불만을 품었다.

"그래서 결국 어떤 사람이 타입인가요? 유즈루 씨만 아니라면 허락할게요."

"으—응, 어른스럽고 다정한 사람일까…… 응석을 받아주거나, 투정을 부려도 받아주는 사람이 좋겠어요."

저도 모르게 발뒤꿈치를 들고 어른스러운 행동을 해버리기에, 어린아이가 될 수 있는 상대를 원한다.

메이의 희망은 그런 내용이었다.

"아버님께서 좋은 사람을 찾아주시지 않을까요?"

"……메이는 맞선을 보고 싶나요?"

"딱히 연애든 맞선이든 상관은 없지만, 그저 뭐, 또래라면 찾기 어려울까— 해서요."

다만 벌써부터 서두를 필요도 없을지도 모르겠지만요?

그러면서 메이는 웃었다.

그녀는 아직 중학교 1학년. 아직 시간은 잔뜩 있다.

"저로서는 역시 연애를 선택하는 편이 낫다고 생각한다 고요?"

"어라? 하지만 아리사 씨는 맞선이잖아요?"

"계기는 그렇지만…… 유즈루 씨가 좋았으니까, 약혼을 맺은 거예요."

아리사는 나름대로 품행이 바른 편이다.

그러니까 '이 사람, 조금 괜찮을지도……' 정도의 기분으로 가볍게 애인이 되지는 않고, 하물며 장래의 상대를 결정하지도 않는다.

다름 아닌 유즈루였기에, 가장 사랑하는 사람이었기에, 유즈루를 받아들이고, 그리고 맺어진 것이었다.

"확실히. 두 분은 러브러브하니까, 연애결혼이라고 해도 지장은 없겠네요."

"아직 결혼하지는 않지만요."

"아직, 인가요."

"언젠가 할 테니까."

아리사는 들뜬 기분으로 그렇게 말했다.

다만 메이의 눈으로 봐도 유즈루와 아리사가 파국을 맞는 미래는 상상할 수 없었다.

그만큼 두 사람은 잘 하고 있었다.

"하지만 저로서는 맞선도 꽤 괜찮다고 생각한다고요?"

"……그런가요?"

"예, 수단으로서는. 실제로 아리사 씨는 맞선으로 우량한 물건을 찾았잖아요."

"그건 뭐…… 하지만, 우연이라고요? 좋아하지 않는 사람과 결혼할지도 모르는 상황이었고……."

지금이야 아리사는 양아버지가 자신에게 결혼을 강제할 생각은 없었다는 것을 알고 있었다.

하지만 당시 아리사는 결혼을 강요당한다고, 그렇게 생각했던 것이다.

참을 수 없이 싫었고, 우울한 기분을 느꼈다.

우연히도 유즈루가 도와준 덕분에, 지금이 있다.

유즈루가 없었다면…… 그렇게 생각하면 아리사는 무척 무섭게 느껴졌다.

"저도 싫은 상대와 참으면서까지 결혼하고 싶지는 않아요. 하지만…… 그게, 나름대로 멋있는 사람이라면, 설령 완벽하지 않더라도 타협할 수 있지 않을까요……."

그게, 저는 사장이 목표니까. 파트너로는 경영 수완이 있는 사람을 고르고 싶으니까요?

그런 부분까지 생각하면 맞선으로 찾는 게 가장 확실하지 않을까, 생각해요.

메이는 웃으며 그렇게 말했다.

확실히 여사장을 지탱해 줄 수 있을 만큼의 그릇을 가진 남자를 자유연애 경쟁 시장에서 찾아내는 것은 조금 어려울지도 모른다.

아리사는 그렇군요, 라며 이해했다. 하지만…… 납득할 수는 없었다.

"하지만…… 정략결혼이라는 게 역시 좋은 일은 아니지 않을까요……."

"그런가요?"

"결혼은 일생일대의 일이라고요? 가문이 중요하지 않다고 하진 않겠지만…… 가장 우선은 자신이잖아요."

가문을 지키는 것을 부정할 생각은 없지만, 그러나 그것은 자신이 행복하다는 것이 전제라고 아리사는 생각했다.

결혼한 뒤에 후회한다…… 그런 꼴이 되는 것은 싫고, 동생이 그렇게 되는 것도 싫었다.

"저, 가문을 위해서 결혼할 생각 따윈 털끝만큼도 없다고요?"

"……그런가요?"

"예. 저는 사장이 되고 싶고, 높은 사람이 되고 싶은 거예요. 그러니까 그에 적절한 상대를 찾을래요. 제가, 자신이 가장 먼저예요."

단호하게 메이는 그리 잘라 말했다.

아리사는 어안이 벙벙했지만, 그래도 고개를 끄덕였다.

"그랬군요! 저, 틀림없이 책임감 때문에 애쓰고 있는 건 아닌가 하고……."

아리사의 눈으로 봐도, 사촌오빠에 해당되는 아마기 하루토는 안 된다. 후계자로서는 부적격이다.

오빠가 칠칠치 못하니까 동생인 자신이 일어서야! 그런 사명감 탓에 이것저것 짊어지려 하는 것이 아닐까 하고, 아리사는 조금 걱정했던 것이다.

하지만 그것은 쓸데없는 걱정이었나 보다.

"제가, 그런 기특한 아이로 보이나요?"

"듣고 보니 그렇게는 안 보이네요."

두 사람은 깔깔 함께 웃었다.

실제로 메이는 부모에게 순종하는 것처럼 보이지만 뒤로는 요령 좋게 마음대로 하고 있었다.

"아, 그러고 보니 정략결혼이라면…… 선배가, 아리사 씨 아이는 혼담이 많겠다든지, 그랬어요."

메이가 말하는 선배란 유즈루의 동생, 타카세가와 아유미였다.

"제 아이? 저랑 유즈루 씨의 아이 말인가요? 그건…… 인기가 있다는 이야기인가요?"

"아뇨, 그런 게 아니라…… 타카세가와 가문과 유키시로 가문의 아이라면, 상대가 없어서 곤란하지는 않겠다고. 외모도 좋은 아이가 태어나겠다는 이야기도 했어요."

타카세가와 가문은 말할 필요도 없는 명문이다.

그리고 유키시로 가문도 재력을 제외하고 역사나 명성이라는 관점에서 말하면, 차고 넘칠 정도의 명문이다.

그러니까 결혼하고 싶어 하는 사람은 많겠지…… 그런 이야기였다.

"태어나지도 않은 아이한테 무슨…… 그런 게 제 느낌일까요. 치하루 씨…… 우에니시 씨한테도 같은 소리를 들었지만요."

"그런가요?"

"자기 아이와 결혼을 시키지 않겠냐고…… 그랬어요."

"우와! 아직 태어나지도 않았는데 인기가 넘친다니, 부러운 이야기네요."

메이는 호들갑스럽게 말했다.

솔직히 말해서, 메이는 아유미의 이야기는 어디까지나 농담이라고 생각했다.

요즘 시대에 가문이나 재력만으로 인기가 있다니, 도저히 그런 생각이 들지는 않았으니까.

"농담이 아니었군요―."

"아니, 치하루 씨의 그 말은 농담이라고 생각하는데요."

"그런가요? ……하지만 사실은 반 정도만 농담이었다든지 그렇지는 않을까요? 반은 진심이라든지."

"……태어나지도 않은 아이한테?"

"아니―…… 역시 농담일까요."

아리사와 메이는 깔깔 웃었다.

두 사람은 깨닫지 못했다.

우에니시 가문 차기 당주, 우에니시 치하루는 경솔한 농담으로 그런 제안을 하지는 않는다는 것을.

맞선 보고 싶지 않아서
억지스러운 조건을 달았더니
동급생이 온 일에 대해서

제3장

'약혼자'와 해수욕

두 사람이 고깃집에 간 뒤로 얼마가 지난 날.

"살짝 늦었지만. 아리사, 생일 축하해."

"고마워요."

유즈루는 약속대로 아리사에게 선물을 건넸다.

이번 선물은 핸드크림이었다.

핸드크림이라면 얼마나 있더라도 곤란하지 않겠다는 판단이었다.

일단 다른 여자들의 의견을 듣고 제대로 된 메이커 물건을 구입했다.

"고맙게 잘 쓸게요."

아리사는 그러고는…… 가볍게 고개를 갸웃거렸다.

"그런데 유즈루 씨 생일은…… 10월 즈음, 이죠?"

"뭐, 그래."

"그렇다면 제가 연상…… 누나네요."

어째선지 득의양양한 표정으로 아리사가 말했다.

유즈루는 무심코 쓴웃음을 머금었다.

"……그 얼굴은 뭔가요."

"아니, 귀엽구나 해서."

"바보 취급하는 거예요?"

그러면서 입술을 삐죽이고 보란 듯이 화내는 아리사.

그런 모습도 귀엽다.

"하지만 생일…… 선물…….."

틀림없이 유즈루는 스스로 일——아르바이트——해서 번 돈으로 아리사에게 선물을 사주었을 것이다.

그리고 전날의 고기도 유즈루가 일해서 번 돈이다.

한편 자신은 양부모에게 용돈을 받고 있다.

과연 이걸로 괜찮을까? 아리사는 생각했다.

물론 부모님한테 용돈을 받는 고등학생은 결코 드물지 않다.

오히려 현대에는 다수파일지도 모른다.

그러니까 아리사가 특별히 이상한 것은 아니었다.

그러나 용돈으로 산 선물보다도 일해서 번 돈으로 산 선물이 더 마음이 담겨 있다……는 생각이 들었다.

적어도 평소부터 후자의 물건을 받고 있는 입장으로서는, 전자를 주는 것은 맞지 않는다는 기분이 있었다.

'수제로…… 아니, 하지만 그렇게까지 대단한 건 못 만드니까…….'

수제라는 방법이 떠올랐지만, 그러나 아리사는 그것을 부정했다.

머플러, 장갑, 스웨터.

이것저것 생각은 했지만, 그러나 그런 걸 매년 준다면

유즈루의 방은 뜨개질로 가득 차버린다.

아무리 유즈루라도 "작년에 받은 게 있는데 말이지……"
라며 쓴웃음 지을 것이다.

'……아르바이트, 할까.'

아리사가 그렇게 생각에 잠겨 있었더니…….

"아리사. ……아리사?"

"어, 아, 예! 불렀나요?"

유즈루가 이름을 불러서 아리사는 정신을 차렸다.

"아니, 머—엉하니 있으니까."

"아, 미안해요. 생각을 좀 하느라."

"……고민거리라도 있어?"

"그러네요. 하지만, 대단한 건 아니에요."

"……고민이 있다면 들어줄 테니까."

대단한 것은 아니다.

그런 말을 들으니 유즈루로서는 더더욱 신경이 쓰였다.

"어—, 하지만……."

아르바이트를 해보고 싶다.

아리사의 마음은 어디까지나 '해보고 싶다' 정도였다.

정말로 해볼지 어떨지는 알 수 없었다.

게다가 가능하다면 유즈루에게는 비밀로 몰래 아르바이
트를 해서 놀래키고 싶다는 기분도 있었다.

그렇지만 여기서 "대단한 건 아니니까"라며 아무 말도
하지 않는 것은, 마치 유즈루를 신용하지 않는 것처럼 받아들여질 수도 있었다.

"……생일에 유즈루 씨한테 어떤 서프라이즈를 할까, 그런 고민이에요."

"아ー, 그렇구나. ……그거라면, 뭐."

유즈루는 무심코 쓴웃음 지었다.

서프라이즈 내용을 당사자에게 상담해 봐야 아무 의미도 없다.

유즈루는 순순히 납득하고 물러나기로 했다.

"그러고 보니 슬슬 여름방학인데…… 어떻게든 때를 맞췄네요, 다이어트."

"그러게."

유즈루는 자신의 배를 만지며 끄덕였다.

고깃집에 간 뒤에도 마음을 놓지 않고 제대로 운동과 식사 조절을 계속한 결과, 다이어트에서 흔한 요요 증상은 발생하지 않았다.

적어도 유즈루는 이전보다도 자신의 배가 탄탄해진 것을 느끼고 있었다.

"아리사 덕분이야. 고마워."

"아뇨, 그런 건…… 저도 유즈루 씨와 함께했으니까 열심히 할 수 있었고요……."

아리사는 그렇게 말을 하지만, 그러나 아리사가 없었다면 이 정도까지의 성공은 없었다고 유즈루는 생각했다.

운동뿐이라면 모를까, 식단 등은 아리사의 협력 덕분이

었다.

"뭔가 보답을 하고 싶은데, 어떨까?"

"보, 보답, 인가요? 으, 으—음……."

"해줬으면 하는 일이라든지. 있을까? ……어깨라도 주물러 줄까?"

"그러네요. 어—, 하지만……."

문득 아리사는 무언가 떠오른 모양이었다.

하지만 그녀는 금세 뺨을 붉히고 고개를 가로저었다.

"아니, 역시 아무것도 아니에요."

"모습을 봐서는, 해줬으면 하는 일이 있는 거 아냐?"

"아, 아니, 딱히……."

"혹시 키스라든지?"

반쯤 농담으로 유즈루는 그렇게 말했다.

하지만 그 말에 아리사는 몸이 굳어지고, 그리고 얼굴을 새빨갛게 물들였다.

"어, 어떻게……."

"……정곡이었나."

유즈루는 조금 놀랐지만, 그러나 금세 마음을 다잡고 아리사에게 다가갔다.

"어떤 키스가 좋아?"

"아, 아니, 하, 하지만……."

"이런 찬스, 좀처럼 없다고?"

유즈루는 아리사의 귓가에 그렇게 속삭였다.

다만 아리사가 부탁한다면 유즈루는 언제든지 응하니까 찬스는 언제든지 있지만…….

"그, 그럼…… 그게……."

"응응."

"그게 말이죠…… 저기…… 허그를 해줘요."

"……흠?"

허그.

그러니까 서로 끌어안는 행위다.

그렇지만 그 정도라면 매일……이라고 하지는 않겠지만 나름대로 몇 번이나 하고 있다.

애당초 키스도 뭣도 아니다.

"뭐, 네가 그걸로 괜찮다면 상관은 없는데……."

"자, 잠깐만요. 그게, 평범한 허그가 아니에요."

"호오……?"

애당초 허그——끌어안는 행위——에 종류가 있다는 발상이 없던 유즈루는 조금 곤혹스러웠다.

"……뒤에서, 안아줘요."

"뒤에서? ……등 뒤에서 말이야?"

"아, 예."

그렇구나, 아리사와는 대부분 정면에서 끌어안았다.

등 뒤에서는 거의 안은 적이 없었다.

"그 정도라면 쉽지."

등 뒤에서든 정면에서든 다를 게 없지 않나?

유즈루는 그렇게 생각했지만, 약혼자에게는 조금 흥취가 다른 듯했다.

어느 쪽이든 아리사가 기쁘다면 얼마든지 괜찮다.

"앉아서 할래? 서서 할래?"

"그러네요……. 그럼…… 서서 하죠."

아리사는 그러더니 일어섰다.

그리고 천천히 등을 돌렸다.

아리사의 작고 가냘픈 등과 어깨가 유즈루의 눈앞에 나타났다.

"부, 부탁할…… 앗."

아리사가 말을 꺼내는 것보다도 먼저, 유즈루는 뒤에서 포옹했다.

천천히 힘을 싣고, 가슴께에 손을 두르고, 아리사의 몸을 끌어당기듯이, 동시에 자신의 몸을 아리사에게 밀착시키듯이 끌어안았다.

그러자 마침 자신의 입가 근처에 아리사의 하얀 귀가 있었다.

"아리사."

유즈루가 그렇게 속삭이자 아리사의 몸이 가늘게 떨리는 것이 느껴졌다.

"아, 예……."

"좋아해. ……사랑해."

그대로 아리사의 귀에 가볍게 키스를 했다.

그러자 아리사의 몸에서 힘이 빠졌다.

뒤쪽으로, 유즈루 쪽으로 체중을 맡겼다.

유즈루는 천천히 아리사를 앉혔다.

그리고 유즈루는 아름다운 머리카락에 입술을 가져다 댔다.

다음으로 뺨, 그리고 다시 귀에 가볍게 키스를 했다.

"이런 느낌이면 될까?"

"……예."

아리사는 작게 고개를 끄덕였다.

그리고 천천히, 아리사는 천장을 올려다보듯 얼굴을 들어올렸다.

비취색 눈동자 안에 유즈루의 얼굴이 비쳤다.

"……유즈루 씨."

응석을 부리듯이.

조르듯이.

아리사는 유즈루의 이름을 속삭였다.

아리사의 의도를 이해한 유즈루는…….

그녀의 이마에 부드럽게 입술을 댔다.

"응……."

아리사가 작게 목소리를 높였다.

기쁨과, 아주 약간의 불만이 담긴 것 같은 목소리였다.

유즈루는 그만 웃음을 흘렸다.

그리고…….

불만스러운 목소리를 흘리는 입술에, 자신의 입술을 겹쳤다.

아리사의 몸이 움찔 떨렸다.

시간으로 따지면 10초 정도…….

유즈루는 천천히 입술을 뗐다.

키스를 마친 뒤의 아리사는 어딘가 꿈을 꾸는 것 같은 표정이었다.

초점이 맞지 않는 눈동자로 멍하니 유즈루의 얼굴을 올려다봤다.

"이걸로 됐을까?"

유즈루는 아리사에게 물었다.

그러자 아리사는 붉은 얼굴 그대로…….

끄덕.

작게 끄덕였다.

※

"응, 유즈루 씨…….'

키스를 마치고 유즈루가 떨어지려 하자…….

아리사는 꼬옥, 유즈루의 옷을 가볍게 붙잡았다.

"왜 그래, 아리사."

"그게, 조금 더…….'

부끄러운 듯 머뭇머뭇하며 아리사는 그렇게 말했다.

그런 식으로 부탁하니 유즈루는 거스를 수가 없었다.

"……한 번 더, 할래?"

"……."

유즈루의 물음에 아리사는 아무 말도 없이…….

그저 작게 끄덕였다.

그리고 고개를 위로 들고 눈을 감았다.

유즈루는 천천히, 아리사의 입술에 자신의 입술을…….

삐리리리리리!!

"응?"

"아, 제 거예요."

갑자기 벨소리가 울렸다.

아리사는 허둥지둥 휴대전화를 주머니에서 꺼냈다.

화면에는 '타치바나 아야카'라고 나와 있었다.

"아야카 씨 전화예요. 받을게요."

"그래, 그래."

아리사는 유즈루에게 말을 건넨 뒤, 전화를 받았다.

"예, 여보세요. 어, 아뇨…… 별 문제 없어요. 유, 유즈루 씨랑……? 어, 어어, 뭐…….."

여보세요? 지금 통화 가능해? 혹시 유즈룽이랑 데이트 중이라든지?

그런 목소리가 유즈루의 귀에 환청처럼 들리는 것 같았다.

아리사의 반응을 봐서는, 유즈의 환청은 진실과 그렇게

멀지도 않은 것 같았다.

"예, 예. 예정이요? 저기, 잠깐만요. 그날은……."

예정이 있는지 물어봤나.

아마도 놀자는 약속일 것이다.

그런데 문득 유즈루는 깨달았다.

아리사는 유즈루의 무릎 위에서 전화 중인 것이었다.

"예, 그날은 괜찮…… 앗."

장난으로 유즈루가 아리사의 목덜미를 쓰다듬자 그녀는 작게 목소리를 높였다.

조금 섹시한 목소리였다.

"괘, 괜찮아……요. 예, 둘 다…… 응, 그, 그래서, 어, 어디에……? 아으……."

조금 재미있다고 느껴버린 유즈루는 아리사의 옆구리를 가볍게 찌르거나 머리카락을 쓰다듬어 봤다.

가볍게 허벅지를 쓰다듬은 참에…… 아리사가 매섭게 노려봤다.

하지만 한쪽 귀에 숨을 불어넣자 맥이 풀린 것 같은 목소리와 함께 눈꼬리가 느슨해졌다.

"그, 그렇군요…… 응…… 가, 갈게요. 히으, 어, 아…… 유, 유즈루 씨도? 아, 예. 다, 다음에 만나면, 물어…… 어, 없다고요? 서, 설마…… 응……."

그러면서 아리사는 고개를 돌려 유즈루 쪽을 봤다.

화난 것 같기도, 곤란한 것 같기도 한, 그런 표정이었다.

유즈루가 가볍게 손을 내밀자…….

아리사는 조금 당황한 기색을 드러낸 뒤, 유즈루에게 휴대전화를 건넸다.

"여보세요. 아리사의 약혼자 타카세가와입니다."

『있잖아, 얇은 책 같은 짓 그만해 줄래?』

깔깔 웃으며 아야카는 그렇게 말했다.

유즈루도 그에 이끌려서 웃었다.

한편 아리사는 부끄러운지 유즈루의 무릎 위에서 움츠러들었다.

귀엽다.

"아니, 아리사가 재미있어서…… 아얏…….."

『왜 그래?』

"아니, 아무것도……."

유즈루는 시선을 조금 아래로 향했다.

그랬더니 아리사는 유즈루의 다리를 손가락으로 꼬집고는 가볍게 잡아당기고 있었다.

은근히 아팠다.

『아직도 하는 거야? 뭐, 상관은 없는데. 본론으로 들어가자면, 숙박 포함해서 바다에 안 갈래? 그런 이야기야. 우리 별장, 있잖아. 거기 말이지.』

"어―, 중학생 때 갔던 거기 말이지."

『그래그래.』

『일단 나랑 치하루, 소이치로 군은 와. 텐카랑 료젠지,

히지리 군한테는 치하루랑 소이치로 군이…….』

『오겠다고 그래요.』

『오겠대.』

『오겠다네.』

뒤에서 치하루와 소이치로의 목소리가 들렸다.

대화의 흐름을 보건대, 현재 참가를 표명하지 않은 것은 유즈루뿐인 듯했다.

"날짜는?"

유즈루가 묻자 곧바로 아야카는 대답해 주었다.

다행히도 그날은 괜찮았다.

그것을 이야기하자…….

『그럼 유즈룽도 간다는 걸로. 기본적으로 필요한 건 이쪽으로 준비하겠지만…… 앗.』

"왜 그래?"

『응, 아, 아무것도 아냐. 저, 저기…… 그, 그래, 수영복 말이지. 수영복은 필수로…… 앗, 그, 그리고 다 같이 볼 영화라든지, 그, 그런 건, 하, 하나씩, 분담해서 가져오면 어떨까…… 으응!』

이따금 요염한 목소리가 섞였다.

그에 맞추어 등 뒤에서 남녀의 작은 웃음소리.

『이, 일단, 나중에 연락할 테니까! 그, 그럼!!』

조금 억지스럽게 전화가 끊어졌다.

"……끝났어요?"

조금 부끄러운 듯 머리카락을 만지작거리며 아리사는 유즈루에게 물었다.

유즈루는 끄덕였다.

"어, 끝났어. 그런데……."

"예."

"계속, 할래?"

유즈루가 그렇게 묻자…….

"오, 오늘은…… 이제, 충분해요."

차이고 말았다.

유즈루는 어깨를 으쓱였다.

※

넓은 하늘, 푸른 바다, 하얀 모래밭.

내리쬐는 태양 아래에 유즈루는 있었다.

"정말로 좋은 곳을 가지고 있구나."

수영복 바지만 입은 유즈루는 감탄한 표정으로 말했다.

이곳은 유즈루의 소꿉친구인 타치바나 아야카네 집이 개인적으로 소유하고 있는 프라이빗 비치였다.

근처에 별장도 존재했다.

유즈루는 아리사와 함께 초대받아서 놀러온 것이었다.

"나는 솔직히…… 좋아하지 않는데 말이지, 바다는."

툭하니 중얼거리듯이 말한 것은 사타케 소이치로였다.

당연히 그도 아야카의 초대로 왔다.

"왜 싫은데?"

마찬가지로 유즈루의 친구, 료젠지 히지리가 소이치로에게 물었다.

소이치로는 작게 어깨를 으쓱였다.

"모래로 더러워지고, 머리카락은 상하고, 물은 짜고, 빠지면 위험하고…… 수영장이 낫지 않아?"

"그럼 왜 왔어?"

"……아야카랑 치하루가 간다는데 내가 가지 않을 수도 없잖아."

히지리의 물음에 소이치로는 조금 복잡한 표정으로 대답했다.

아마도 소꿉친구들에게 억지로 설득당하는 모양새로 온 것이리라.

"게다가 뭐, 좋아하지는 않을 뿐이지 무조건 싫다는 건 아냐. ……친구랑 같이 온다면 뭐, 괜찮지 않을까 해서."

조금 수줍은 듯 소이치로는 말했다.

바다는 좋아하지 않지만, 친구들과 함께 시끌벅적 노는 것은 좋다는 의미일 것이다.

다만 소이치로의 그런 모습 따위는, 유즈루와 히지리에게는 아무래도 상관없는 일이었다.

그래서 두 사람의 반응은 조금 미묘했다.

"그러고 보니 유즈루. 너…… 꽤 만들었잖아."

어쩐지 미묘한 분위기가 된 것을 느꼈는지, 화제를 바꾸듯이 소이치로는 유즈루에게 말했다.

만들었다니 대체 무슨 말이냐고 유즈루는 한순간 생각했지만 금세 자신의 '몸' 이야기라고 깨달았다.

"그러고 보니. ……너, 쪘다고 그러지 않았던가?"

"그래. 그러니까 뺐어. ……힘들었다고."

히지리의 물음에 유즈루는 대답하고, 그리고 가볍게 복근에 힘을 넣어봤다.

이전에는 여분의 지방이 있었지만 지금은 완전히 깎아냈다.

"호오…… 식단 조절 같은 것도 했어?"

"쌀밥 대신에 채 썬 양배추랑 브로콜리였지……."

"……잘도 버텼네."

"도움을 받았다고 할까, 아리사한테 관리를 받았다고 할까."

""아아…….""

이 녀석, 역시 잡혀 지내는구나.

소이치로와 히지리에게서는 조금 어이없다는 표정이 돌아왔다.

"……여자들, 늦네."

얼버무리듯이 유즈루는 그렇게 중얼거렸다.

그러자 동의하듯 소이치로와 히지리는 끄덕였다.

"정말이야."

"어차피 수다 떨고 있는 거겠지."

그런 대화를 나누는데…….

"이것 참, 미안하네. 늦어져 버렸어."

활기 넘치는 목소리가 들렸다.

소리가 들린 쪽을 봤더니 아야카가 손을 흔들고 있었다.

그 뒤에는 아리사랑 치하루, 텐카의 모습도 있었다.

"텐카 씨가 제멋대로 구는 탓에 늦어져 버렸어요."

"……남탓 하지 마."

어이없다는 표정의 치하루, 조금 화난 표정의 텐카.

아무래도 조금 다툼이 있었나 보다.

"기다렸죠, 유즈루 씨."

아리사는 유즈루 앞에서 미소 지었다.

이미 아리사는 수영복을 입고 있는…… 것 같았다.

단정할 수 없는 것은 파카를 입고 있기 때문이었다.

앞까지 단단히 닫아서 중요한 수영복은 보이지 않았다.

"아니…… 딱히 그렇게 기다리진 않았지?"

유즈루는 소이치로와 히지리에게 물었다.

두 사람은 크게 끄덕였다.

"그래, 정말이야."

"여자가 남자보다도 다소 시간이 걸리는 건 어쩔 수 없
는 일이니까."

여기서 기다렸다느니 늦었다느니 한다면 여성진 넷을

적으로 돌리게 된다.

유즈루도 소이치로도 히지리도, 그런 쪽의 이치는 판별하고 있었다.

"아니, 옷은 금방 갈아입었는데 말이지? 텐카가 수영복을 입는 건 싫다고 그러니까……."

자연스럽게 남자들의 시선은 텐카에게 모였다.

그녀는 위에는 파카, 아래에는 서브 팬츠를 입고 있었다.

아마도 그 밑으로 수영복을 입고 있을 테지만…….

아리사보다도 가드가 두터웠다.

"딱히 싫다고 그러는 건 아니야. 다만…… 단계가 있는 거야, 단계가."

아무래도 아야카와 치하루가 텐카의 가드를 벗겨 내려고 한 것이 지각의 원인이었나 보다.

"호오…… 그럼 개방적인 기분이 든다면, 벗을 거야?"

"……잠깐만, 그런 표현은 그만해."

아야카와 텐카는 또다시 다투기 시작했다.

한편 유즈루는 그녀들의 복장을 관찰하고…… 흥미 깊은 사실을 깨달았다.

'당연하지만, 성격이라든지 취향이 드러나는구나.'

텐카는 파카와 서브 팬츠로 맨살을 가렸다.

아리사는 파카뿐이고 하반신은 가리지 않았지만…… 상반신의 가드는 두텁다.

한편 치하루는 파카를 가볍게 걸쳤을 뿐이다.

파란색 프릴이 달린 비키니를 입고 있다는 것을 확실하게 확인할 수 있었다.

그녀는 프릴이 달린, 귀여운 타입의 수영복을 좋아한다는 것을 알 수 있었다.

맨살을 드러내는 것에 대한 수치심도 아리사나 텐카보다는 적을 것이다.

그리고 아야카는 보라색 비키니뿐.

파카같이 맨살을 가리는 것은 전혀 입지 않았다.

수치심이 없다……기보다는, 자신의 몸매에 자신이 있는 것이리라.

……그렇지도 않다면 보라색 비키니 같은 것은 고르지 않는다.

"자자, 텐카 씨는 나중에 벗기기로 하고…… 이제부터 어떻게 할래요?"

"……일단 한동안은 자유행동이면 되지 않을까요? 각자 물에 익숙해질 때까지의 페이스도 있을 테니까요."

아리사는 유즈루 쪽을 흘끗 봤다.

아무래도 아리사는 유즈루에게 용건이 조금 있는 모양이었다.

"어―, 응, 그러네―. 그럼…… 일단 한 시간 뒤에 집합할까. ……그 무렵이면 텐카도 개방적인 기분이 될 테니까."

"그러니까 그런 표현은……!"

텐카가 항의할 틈도 없이, 아야카는 치하루와 소이치로를 데리고 떠나버렸다.

"우리도 갈까, 아리사."

"예, 그래요."

유즈루는 아리사의 손을 잡고 그 자리에서 떠났다.

그리고…….

"……어떻게 할래?"

"어떻게 할까……."

히지리와 텐카, 둘만이 그 자리에 남겨졌다.

※

"그래서 아리사. ……뭘 할까?"

"그러네요. 지금부터라면…… 어―, 아뇨, 저쪽 바위 뒤로 가죠."

아리사는 그러면서 커다란 바위를 가리켰다.

그리고 동시에 살며시, 유즈루의 팔에 자신의 팔을 감았다.

부드러운 감촉이 유즈루의 팔에 닿았다.

"……뭘 할 거야?"

"……부탁하고 싶은 게 있거든요."

아리사의 대답에 유즈루는 살짝 가슴이 두근거렸다.

여름, 수영복, 단 둘에서만 할 수 있는 일……이라면, 유즈루에게도 조금은 짚이는 것이 있었다.

"여기라면 아무도 볼 일은 없을 테지만……."

"뭘 할 건데?"

앞서가려는 심정을 어떻게든 억누르며 유즈루는 아리사에게 물었다.

아리사는 희미하게 붉어진 표정으로 끄덕였다.

"……사실은 혼자서 할 수 있다면 좋겠는데, 혼자서는 어려울 것 같아서."

아리사는 그러면서…….

부스럭부스럭, 가져온 가방에 손을 넣었다.

그리고 꺼낸 것은 작은 병이었다.

안에는 무언가 액체가 들어 있었다.

"선크림, 인가."

"아, 예. ……애인 사이라면, 그게, 보통, 이겠죠?"

아리사는 그러면서 유즈루에게 떠넘기듯이 선크림이 든 병을 건넸다.

"보통인가…… 뭘 어떻게 하는 게, 보통이야?"

유즈루가 미소를 지으며 그렇게 묻자 아리사는 부끄러운 듯 시선을 피했다.

"저, 정말이지…… 짓궂은 소리 말아요."

"아니, 말을 안 하면…… 모르겠는데."

"……정말이지."

아리사는 눈썹을 추어올리고 농담 섞인 화난 표정을 지

으며…….

피부를 장밋빛으로 물들이고, 말했다.

"등…… 안 닿으니까 발라줘요."

유즈루는 눈을 크게 뜨며 잠시 생각하고는, 크게 고개를 끄덕였다.

"알았어."

"……고마워요."

아리사 역시도 끄덕였다.

그리고…….

"저, 저기…… 유즈루 씨."

"어…… 왜?"

"벗, 벗을 수가 없어요."

갑자기 아리사는 그런 소리를 꺼냈다.

처음에는 "이제 와서 갑자기 부끄러워졌나……?"라며 유즈루는 의문스럽게 생각했지만…….

"그러니까…… 부탁할 수 없을까요?"

아리사가 유즈루를 올려다보자, 간신히 깨달았다.

아리사는 유즈루가 벗겨주기를 원하는 것이었다.

"너, 너…… 대담해졌네."

자연스럽게 유즈루의 시선이 아리사의 몸으로 향했다.

파카는 길이가 조금 길어서 그런지 하반신의 수영복까지 제대로 가리고 있었다.

하지만 희고 긴 다리, 허벅지는 감추지 못했다.

상반신은 완전히 가리고는 있지만…….

그러나 가슴께가 크게 부풀어 있어서, 그곳에는 탐스럽게 열린 과실이 있다는 것을 느끼게 만들었다.

이 아래에는 아리사의 아름다운 몸이 감추어져 있는 것이다.

……물론 수영복은 입고 있으니까 알몸은 아니지만.

"모, 몰라요."

유즈루의 혼잣말에 아리사는 부끄러운 듯 눈을 피했다.

한편 유즈루는 천천히 아리사에게 다가갔다.

"그럼, 벗길게."

"……예."

유즈루는 아리사가 입고 있는 파카의 지퍼를 붙잡았다.

그리고 천천히 아래로 내렸다.

먼저 보이는 것은 쇄골.

다음으로 희고 아름다운 목선.

수영복으로 감싸인 커다란 과실이 개방되었다.

그리고 날씬한 복부, 귀여운 배꼽.

그리고 마지막으로 삼각형 천이 모습을 드러냈다.

"……그게, 마지막까지."

"응."

유즈루는 끄덕이고 파카를 어깨부터 벗겨냈다.

아리사의 어깨는 작고, 희고…… 희미하게 붉었다.

"그게, 유즈루 씨……."

아리사는 팔을 뒤로 돌리고 유즈루를 흘끗 올려다봤다.

"잘 어울려. 예뻐."

"……어떤 식으로, 말인가요?"

"……섹시일까?"

아리사의 이번 수영복은 빨간 삼각 비키니였다.

레이스처럼 몸을 가리는 것은 없고 작은 리본만 달린, 심플한 디자인이었다.

타이사이드 비키니, 즉 끈 비키니에 해당되는 것으로…… 면적은 조금 작았다.

아리사치고는 상당히 공격적이었다.

빨간 비키니는 아리사의 하얀 피부를 더욱 강조해서 요염하게 보였다.

섹시라고 표현하는 것이 가장 적절하게 여겨졌다.

"그, 그만해요. 그런……."

아리사는 조금 부끄러운 듯 양손으로 몸을 가렸다.

그녀의 얼굴은 비키니와 같이 붉은색이지만, 딱히 싫어하는 것처럼 보이지는 않았다.

오히려 기뻐 보였다.

"……전부터 생각했는데."

"……뭔가요?"

"네 옷 센스는 상당히…… 대담하네."

이번에는 빨강, 이전에는 검정.

둘 다 비키니이고, 아리사의 성격과 반대로 대담한 옷이었다.

수영복만이 아니라 아리사는 의외로…….

몸매를 강조하는 것 같은 사복을 입을 때가 많은 것도 같다고 생각했다.

"그, 그만해요…… 그런 표현은…… 그런 게 취향이라는 것 같잖아요."

"아니야?"

"아, 아니에요!"

유즈루가 반쯤 농담으로 되묻자 아리사는 조금 화난 말투로 대답했다.

"다만…… 이런 복장이 더 어울리지 않을까…… 생각할 뿐이에요."

"뭐, 확실히. 너는…… 귀여운 것보다도 예쁜, 어린애 같은 것보다도 어른스러운 게 더 어울려."

애당초 아리사는 훌륭한 몸매의 소유자다.

그것을 살리지 않는 것은 참으로 아깝다.

"하지만 말이지…… 드러내는 쪽이 좋다, 그렇게 생각하지는 않아?"

유즈루도 근육 트레이닝을 하기도 한 만큼, 단련한 몸을 드러내어 '굉장하다'라고 여겨지는 것은…… 나쁜 기분은 아니었다.

아리사는 여자니까 남자인 유즈루와는 감각이 조금 다

를지도 모르지만…….

다소나마 우월감을 느끼거나 그러지는 않아? 유즈루는 아리사에게 그렇게 물었다.

"서, 설마요! ……부끄러울 뿐이에요."

"그렇다면……."

"이번에는 파레오를 가져왔으니까. ……보여주는 건 유즈루 씨뿐이에요."

"그건 다행이네."

유즈루는 조금 안도했다.

왜냐하면 수영복의 면적이 '기준'보다 적은 것 같다고 느낀 것이었다.

특히 하반신을 가린 부분은 더욱 아슬아슬했다.

이런 모습을 ──친구라고는 해도── 다른 남자에게 드러낼 생각인가…….

내심 그런 생각이 없지도 않았던 것이다.

"위는 파카를 입어줘."

"아, 예. ……아야카 씨랑 치하루 씨가 허락해 준다면, 말이지만요."

확실히 그 둘은 시끄럽겠다고, 유즈루는 쓴웃음 지었다.

그래도 교섭의 여지는 있다.

나중에 "남자랑 여자로 나누자"라는 식으로라도 제안하면 되는 것이다.

여자들끼리 서로 드러내는 것은 딱히 문제는 없다.

아리사에게는 어떨지 알 수 없지만.

"그런데…… 아리사. 나한테 보여주는 건…… 어때?"

"예?"

유즈루의 물음에 아리사는 목소리를 높였다.

"마, 말 안 하면…… 안 되나요?"

"안 돼."

유즈루는 그러면서 아리사와의 거리를 좁히고 들었다.

그리고 아리사의 작은 어깨를 붙잡았다.

지근거리라면 부끄러운지, 아리사는 유즈루의 하반신,
가슴팍, 얼굴을 교대로 몇 번이나 봤다.

"유즈루 씨한테 보여주는 것도 당연히 부끄러워요……
하지만."

"하지만……?"

"기, 기뻐요. 이, 이상, 말을 계속…… 해야, 하나요?"

아리사는 용서를 청하듯이 유즈루에게 말했다.

그런 식으로 말하면 유즈루는 조금 더 짓궂게 굴고 싶어
지지만…… 너무 괴롭혔다가 토라져도 곤란하다.

"그런가. 솔직히 말하다니…… 대단해."

유즈루는 그러면서 아리사의 머리를 쓰다듬었다.

한순간 아리사는 기분 좋은 듯 눈에 호를 그렸지만……
금세 퍼뜩 놀란 표정으로 유즈루를 올려다봤다.

그리고 빤히 노려봤다.

"꽤나…… 거만한 시선이네요."

조금 화난 모습을 드러내는 아리사.

유즈루는 무심코 미소 지었다.

"아리사."

"어, 잠깐……."

유즈루는 살며시 아리사를 자기 쪽으로 끌어당겨…….

천천히 입술을 가져갔다.

아리사는 눈을 감고 턱을 자기가 먼저 위로 들었다.

입술에 키스해 달라고 그러는 것 같았다.

유즈루는 그런 아리사의 이마에 입술을 가볍게 댔다.

"앗……."

기쁘지만, 조금 아쉬운 듯한 아리사의 목소리.

"입술이 좋았어?"

"……아니에요."

수줍은 심정을 감추려는지 아리사는 고개를 휙 돌렸다.

유즈루는 그런 아리사의 뺨을 손가락으로 가볍게 쿡 찔렀다.

"……자, 아리사."

"……뭔가요?"

기분 나빠요? 그렇게 말하는 것 같은 아리사에게 유즈루는 말했다.

"슬슬…… 바를까."

유즈루의 말에 아리사는 눈을 크게 뜨고…….

그대로 얼굴을 순식간에 새빨갛게 물들였다.

※

"슬슬…… 바를까."

조금 긴장하면서 유즈루가 그렇게 말하자 아리사는 얼굴을 붉히면서도 작게 끄덕였다.

그리고 아리사는 가방 안에서 돗자리를 꺼냈다.

"그럼, 그…… 돗자리, 깔게요."

모래밭에 돗자리를 깔고 그 위에 앉았다.

오도카니 여자아이답게 앉은 것이었다.

"……음."

무심코 유즈루는 목소리를 높이고 말았다.

아리사가 멋진 몸매의 소유자라는 사실은 원래부터 알았고, 그리고 섹시한 비키니를 입어서 그 매력이 몇 배나 올라갔다는 사실은 알고 있었다.

그러나 유즈루가 조금 전까지 보던 것은 아리사의 '정면' 뿐이었다.

'……아리사는 이거, 못 알아차렸나?'

수영복에 미처 가려졌다고 할 수 없는 둔부로 시선을 향하며 유즈루는 생각했다.

희고 큰 엉덩이에 수영복이 무척 답답하게 보였다.

"……유즈루 씨?"

"어―, 아니, 그만 빠져들었을 뿐이야."

아리사의 목소리에 유즈루는 황급히 시선을 아리사의 등으로 향했다.

어쩐지 봐서는 안 되는 것을 본 기분이 들었으니까.

"저, 정말이지…… 그만해요……."

한편 아리사는 부끄러운 듯 그렇게 말했다.

알아차렸는지 못 알아차렸는지, 따지자면 못 알아차린 모양이었다.

만약 알아차렸다면 조금 더 가리려고 했을 것이다.

"이, 일단, 이제 시작해도 될까?"

빨리 마치지 않으면 이성이 버티지 못할 것 같았다.

그렇게 판단한 유즈루는 아리사에게 그리 제안했다.

"어…… 잠깐만요."

"……왜?"

"저기, 그게……."

아리사는 조금 머뭇거리며 천천히 손을 자신의 등으로 돌렸다.

그리고 목과 등 부분에 있는 끈을 손으로 잡았다.

두근, 유즈루 몸 안에 흐르는 피가 빨라졌다.

"자주, 영화나 드라마에서는…… 이렇게 하죠?"

그러면서 아리사는 끈을 가볍게 잡아당겼다.

끈이 풀렸다.

"이, 이러는 편이, 유즈루 씨도…… 바르기 편하겠죠?"

"그, 그러……네."

유즈루는 일단 동의의 말을 입에 담았다.

하지만 사실은 '별로 차이는 없겠지'라는 것이 본심이다.

끈이 있든 없든, 아리사의 새하얀 등 면적은 별반 다르지 않았다.

의미가 없는 행위였다.

그러나 신기하게 유즈루는 무척 두근두근하고 말았다.

"그럼…… 그, 그, 유즈루 씨. 다시금…… 부탁할게요."

"응, 알았어."

유즈루는 끄덕이고, 손바닥에 선크림을 덜고는 가볍게 문질렀다.

그리고 눈앞의 약혼자, 그녀의 어깨로 시선을 향했다.

새하얀, 매끈매끈한 피부.

그것이 태양 아래에 무방비하게 드러나 있었다.

볕에 탄다면 지독한 꼴이 되어버릴 것이다.

이 피부를 지키는 것이 유즈루의 사명…….

그렇게 생각하니 어쩐지 유즈루는 중대한 책임을 짊어진 것 같은 기분이 들었다.

적당히 마칠 수는 없었다.

유즈루는 긴장하며 아리사의 어깨에 손을 얹었다.

"히얏!"

"우왓!"

갑자기 아리사가 묘하게 요염한 비명을 높였다.

유즈루의 피가 더욱 빨리 돌기 시작했다.

"왜, 왜 그래?"

"미, 미안해요…… 차가워서 놀랐어요."

"그, 그런가…… 응. 다음에는 먼저 말부터 할게. ……그럼 다시 시작할게."

"예."

유즈루는 다시 아리사의 어깨를 만졌다.

아리사는 몸을 움찔 떨었다.

아리사의 피부는 매끈매끈하고 부스럼이나 종기 같은 것은 전혀 없었다.

그래서 유즈루의 손은 부드럽게 움직였다.

어깨에서 등, 등에서 허리로 손을 움직였다.

그러나…….

"아…… 가, 간지러워요…….."

"미, 미안해."

이따금 아리사가 요염한 목소리와 함께 몸을 움직였다.

그때마다 유즈루의 심장은 크게 뛰고, 이성이 바득바득 깎여 나갔다.

그리고 동시에…… 어떤 한가지 의문이 유즈루 안에서 떠올랐다.

"……있잖아, 아리사."

"앙…… 뭔가요?"

"혹시, 일부러 그러는 거야?"

"……무슨 이야긴가요?"

대답까지 잠깐의 틈이 있었다.

유즈루는 확신했다.

일부러 이러는 것이다.

'……뭐, 먼저 말을 꺼낸 건 아리사니까, 말이지.'

처음부터 이럴 생각으로 유즈루에게 발라 달라고 부탁한 것이다.

아리사의 손바닥 위에서 놀아난 셈이었다.

유즈루로서는 가장 사랑하는 약혼자에게 놀아나는 게 결코 싫지 않았다.

하지만 계속 당하고만 있는 것은, 약혼자로서는 살짝 아니꼬웠다.

"아니, 기분 탓이라면 그걸로 됐어."

유즈루는 그러면서 아리사의 둔부로 손을 움직였다.

"히으……."

갑작스러운 자극 탓? 아니면 역시나 일부러 그러는가.

아리사가 작은 목소리를 흘렸다.

"……괜찮아, 아리사?"

"예. ……아무것도 아니에요."

아리사는 딱히 신경 쓰는 기색도 없이 ──그렇게 가장하며── 대답했다.

유즈루도 말없이 피부에 선크림을 바르는 작업을 계속했다.

'……볕에 타면 큰일일 테니까.'

유즈루는 내심 그런 변명을 하며 손을 아래로 뻗었다.

허벅지랑 사타구니 안쪽을 만지자 아리사는 간지러운 듯 작게 신음했다.

어느샌가 아리사의 피부는 살짝 붉게 물들어 있었다.

"……고마워요. 이제, 괜찮아요."

충분히 발랐다고 판단했는지, 아니면 더는 버틸 수가 없었는지…….

발끝까지 바른 타이밍에 아리사는 그렇게 말했다.

"……앞쪽은 스스로 바를게요. 저쪽을 봐줄래요?"

"어, 어어……."

조금 아쉽게 느끼면서도 유즈루는 뒤로 돌았다.

잠시 후에 돌아보자 제대로 수영복을 입은 아리사가 서 있었다.

크림으로 피부가 매끄럽게 빛났다.

"그, 그럼…… 슬슬 놀러 갈까."

유즈루가 시선을 살짝 피하며 그렇게 말하자…… 아리사는 고개를 가로저었다.

그리고 살짝 미소를 머금으며 말했다.

"아직…… 유즈루 씨는 안 발랐잖아요."

※

"아직…… 유즈루 씨는 안 발랐잖아요."

아리사의 말에 유즈루의 심장이 살짝 뛰었다.

하지만 유즈루는 아쉽다 느끼면서도 고개를 가로저었다.

"벌써 다 발랐으니까……."

사실은 이미 스스로 바르고 말았다.

등은 소이치로와 히지리에게 부탁했다.

하지만 유즈루의 말에 아리사는 고개를 가로저었다.

"두 번 바르면 안 되는 것도 아니겠죠?"

"그건 그렇지만……."

"아니면…… 싫은, 가요?"

조금 쓸쓸하다는 표정으로 아리사는 그렇게 말했다. 본심인지 아니면 연기인지는 알 수 없지만, 그런 표정을 맞닥뜨리면 유즈루는 고개를 끄덕일 수밖에 없었다.

"……알았어."

유즈루는 아리사에게 등을 향했다. 그러자 뒤에서 선크림을 손바닥에 더는 소리가 들리고…….

"그럼, 바를게요."

그런 말과 함께 등에 서늘한 감촉이 느껴졌다.

아리사는 천천히 유즈루의 등에 선크림을 펴 발랐다.

"넓고, 탄탄하고…… 조금 억세네요."

등, 어깨, 목으로 아리사는 선크림을 발라 주었다.

그리고…….

"우왓! 아, 아리사……?!"

"앞쪽도…… 발라야, 해요."

아리사는 유즈루의 등을 끌어안으며 그렇게 말했다.

그리고 양팔을 유즈루의 정면으로 둘렀다.

"아, 아니…… 앞쪽은 직접…… 그보다도 이미 발랐다고 할까……."

"……안 되나, 요?"

유즈루의 귓가에 슬픈 목소리가 울렸다.

그런 목소리를 듣자 유즈루는 고개를 가로저을 수가 없었다.

"알았어……."

"고마워요."

아리사는 유즈루의 가슴팍을 찰딱찰딱 만졌다.

"여기도 넓고 두껍네요. 저랑은…… 전혀 달라요."

"……있잖아, 아리사."

"왜 그러나요?"

"그렇게 달라붙을 필요, 있을까?"

아리사는 유즈루의 등에 몸을 찰싹 맞대고 있었다.

필연적으로 아리사의 부드러운 가슴이 수영복 너머라고는 해도 유즈루의 등에 달라붙었다.

"이렇게 안 하면 손이 안 닿거든요. ……일부러 이러는 게 아니라고요?"

"……그런가? 그런 것치고는 무척, 그게, 움직이는 것 같은데."

아리사는 손을 움직이는 것과 동시에 몸도 움직이고 있

었다.

그때마다 유즈루의 등 위를 부드러운 감촉의 물체가 움직였다.

"……일부러 이러는 게 아니라고요?"

일부러 이러는 것이 아니다. 그렇게 주장하는 아리사. 하지만 그다지 설득력은 느껴지지 않았다.

"……진짜로?"

유즈루는 다시금 물었다.

"진짜가 아니라면…… 안 되나, 요?"

그러자 아리사는 정색하고 나섰다.

되는지 안 되는지 묻는다면…….

"아니, 안 되는 건 아닌데…….

"그럼 괜찮잖아요."

"……."

유즈루는 꼼짝도 못 하겠다고 느끼며, 선크림을 바르는 아리사에게 계속 몸을 맡겼다.

"후우…… 끝났어요."

선크림을 구석구석까지 바르고 아리사는 유즈루에게서 떨어졌다.

유즈루는 일어서서 아리사를 돌아봤다.

아리사의 면적이 적은 수영복은 선크림으로 젖어 번들거리고 있었다.

유즈루의 등에 대고 누른 증거였다.

"……그러고 보니, 아리사."

"……뭔가요?"

"나는 아직, 아리사 앞에는 안 발라 줬지."

반격이다 하는 생각으로 유즈루는 아리사에게 그리 말했다.

그러자 아리사는 붉은 얼굴 그대로 고개를 가로저었다.

"아, 아뇨…… 앞은 직접 발랐으니까…….."

"나는 애당초 앞도 등도 직접 발랐는데 말이지. ……두 번 바르면 안 되는 이유는 없잖아?"

적어도 아리사는 그런 이유로 유즈루를 설득시켰던 것이다.

이미 다 발랐다는 말은 통하지 않는다.

유즈루 앞쪽은 발라 줬으니까 아리사한테도 그렇게 하지 않고서는 불공평하다.

"그럼, 아리사. 거기 앉을까."

유즈루는 싱글싱글 미소를 지으며 아리사의 어깨에 손을 얹었다.

억지로 앉히려고 했지만…….

"그, 그런 것보다, 빨리 놀러가죠!"

아리사는 유즈루의 손을 뿌리치고는 달려가 버렸다.

유즈루는 황급히 아리사를 뒤쫓았다.

"아니, 아리사!! 기다려!"

"분하면 붙잡아 봐요!"

두 사람은 술래잡기를 개시했다.

※

"유즈루 씨!"

통, 아리사는 공을 하늘로 쳐 올렸다.

동시에 아리사의 가슴이 위아래로 흔들렸다.

집중력이 끊어진 유즈루는 자신에게 날아온 공을 떨어뜨리고 말았다.

"어―, 미안해, 아리사."

미안, 미안.

유즈루는 손을 휘적휘적 흔들면서, 사죄의 말을 입에 담았다.

한편 아리사는 화난 듯 미간을 찌푸렸다.

"유즈루 씨! 가슴이 아니라 공을 봐요!"

"아, 예."

들켰다.

술래잡기?를 마친 유즈루와 아리사는, 다음으로 바닷속에서 비치볼을 써서 놀고 있었다.

수심은 허리보다 조금 위 정도였다.

물 밖에서는 역시나 바다에서 논다는 느낌이 안 든다.

하지만 너무 깊은 곳은 위험——특히 수영이 그다지 특기가 아닌 아리사는——하다고 판단했다.

그리고 유즈루는 슬렁슬렁 사과하며 떨어트린 공을 주워왔다.

그런 유즈루를 상대로 아리사는 허리에 손을 대며 잔소리를 시작했다.

"정말이지, 조금 더 진지하게…… 뭐, 그것도 좀 이상한 이야기지만요……."

진지하게 공놀이를 해라.

그것도 어쩐지 이상한 이야기라고, 아리사는 스스로 말하며 말끝을 흐렸다.

"유즈루 씨는 공놀이보다 가슴을 보는 게 즐거운가요?"

제대로 같이 놀아 줘.

그런 의미를 담아서 아리사는 유즈루에게 말했다.

한편 유즈루는 무심코 뺨을 긁적였다.

"그야…… 공보다도 아리사가 좋으니까 당연하잖아."

"무슨……."

유즈루의 말에 아리사는 뺨을 붉혔다.

아리사가 좋으니까.

그렇게 말하니 아리사는 유즈루에게 강하게 대꾸할 수가 없게 되어버렸다.

"다, 다시 말할게요. 저랑 노는 것보다도 제 가슴을 보는 편이 즐거운가요?!"

안 속으니까요?

그렇듯이 아리사는 유즈루에게 따지고 들었다.

한편 유즈루는 팔짱을 끼고, 생각에 잠겼다.

"으, 으—음……."

"아, 아니, 그렇게 진지하게 고민할 것까지야……."

반쯤 농담이었는데…….

아리사는 조금 미안하다는 기분이 들었다.

"양쪽을 같이 즐길 수 있으니까 최고 아닐까 싶은데."

"무슨 돈가스 카레도 아니고……."

"지금 그거, 꽤 재미있는데."

유즈루가 그렇게 웃자 아리사는 작게 한숨을 내쉬었다.

"역시 유즈루 씨는…… 제 몸이 목적이군요."

"아, 아니, 설마 그럴 리야……."

"제 내면 따윈 아무래도 상관없고, 제 얼굴과 몸이 좋은
거군요. 그렇겠죠, 저 같은 건……."

"아리사!"

유즈루는 아리사의 자그마한 어깨를 붙잡았다.

아리사는 몸을 움찔 떨었다.

"나는 너의…… 열심히 하고, 배려할 줄 알고, 다정하고,
조금 고집스러운 모습이 좋아. ……네 몸이 매력적인 건
뭐, 부정하지는 않겠지만, 그래도 그건 좋아하는 사람의
몸이니까 그렇게 느끼는 거야."

아리사의 몸이 좋으니까 아리사가 좋은 게 아니다.

아리사가 좋으니까 아리사의 몸이 좋은 것이다.

유즈루는 그렇게 말했다.

한편 아리사는 눈을 크게 뜨고…….

"훗…….”

작게 웃었다.

"……아리사?"

"미, 미안해요. 아까 그건…… 농담이에요. 후훗…….”

정열적인 말, 고마워요.

아리사가 웃으며 건넨 말에…… 유즈루는 간신히 깨달았다.

놀림을 당한 것이었다.

"어─, 앞에 말은 철회할게. 어쩌면 네 몸이 좋은 것뿐일지도 모르겠어.”

"그건 제쳐놓고, 어쨌든 제가 좋다는 거죠?"

아리사는 그러면서 팔짱을 꼈다.

자연스럽게 가슴이 올라오며 강조되었다.

"아, 아니…… 뭐, 그건 그렇지만…….”

유즈루의 시선은 자연스럽게 아리사의 가슴으로 빨려들어갔다.

이것에는 거스를 수가 없었다.

하지만 아리사한테 제대로 놀아나는 느낌이 들어서 유즈루는 그다지 좋은 기분은 아니었다.

적어도 보복은 하고 싶었다.

"그러는 아리사는…… 어떨까?"

"……뭐가 말인가요?"

"내 몸. 아직 감상을 못 들었구나 싶어서."

유즈루는 팔을 허리에 대고 아리사에게 그리 물었다.

살짝 배에 힘을 주어 복근을 드러냈다.

"예? 어어…… 무척, 멋지게 만들었다고 생각한다고요? 이전보다도, 그…… 멋있어진 것처럼 보여요."

"아리사는 좋아?"

"뭐, 뭐어, 좋은지 싫은지로 따지자면 좋지만……."

조금 부끄러운 듯 아리사는 시선을 피했다.

그런 아리사의 모습에 자신이 붙은 유즈루는 그녀의 하얀 손을 붙잡았다.

그것을 자신의 배로 가져갔다.

"단단하네요…… 역시."

"아리사 복근도 만져 봐도 돼?"

"……괜찮아요."

유즈루는 아리사의 복부로 손을 뻗었다.

그러자 아리사의 복부가 꽉 조였다.

어렴풋이 하얀 세로선이 떠올랐다.

유즈루는 그 선을 따라서 손을 움직였다.

그곳에는 적당한 탄력이 있는 근육이 있었다.

유즈루(남성)의 근육과는 다른, 부드러운 아리사(여성)의 근육이었다.

"예뻐."

"아으……."

유즈루의 손가락이 아리사의 모양 잡힌 예쁜 배꼽을 간질였다.

그러자 아리사는 간지러운 듯 몸을 비틀었지만 저항하는 기색은 아니었다.

"여기, 무척 가늘구나."

"히으…… 아, 예. 거긴 자랑할 수 있는……."

아무래도 옆구리는 너무 간지러운가 보다. 항의하듯 아리사는 비취색 눈동자를 유즈루에게 향했다.

유즈루는 얼버무리듯이 양팔을 크게 벌리더니 아리사를 포옹했다.

그리고 등을, 목덜미에서 등뼈를 따라서 꼬리뼈까지 손가락으로 쓰다듬었다.

"으응……."

아리사는 작게 허덕이더니 힘이 빠진 듯 유즈루에게 몸을 기댔다.

"두근두근, 해요."

그리고 가슴팍에 귀를 대고서 편안한 표정으로 눈을 감았다.

"네가 매력적이니까."

유즈루가 그렇게 대답하자 아리사는 수줍은 미소를 지었다.

그리고 유즈루의 손을 붙잡고 자신의 가슴에 댔다.

부드러운 감촉과, 온기.

그리고 두근두근 뛰는 심장이 느껴졌다.

"저도 그래요."

"……아리사."

유즈루는 참지 못하고 아리사를 힘껏 끌어안았다.

"……예."

아리사도 그것을 받아들이듯이, 양팔로 단단히 유즈루의 몸을 끌어안았다.

그리고 두 사람은 서로의 몸이 어떻게 차이가 나는지를 확인했다.

"아리사. ……이쪽을 봐 줘."

"예…… 응."

유즈루는 자신을 올려다보는 아리사의 입술에 자신의 입술을 겹치고, 덮었다.

가벼운 키스.

평소라면 이것으로 끝이었다.

하지만…….

"응, 아……."

아리사의 입술에서 달콤한 숨결이 새어 나왔다.

유즈루의 입술이 아리사의 입술을 가볍게 빨았으니까.

유즈루는 아리사의 입술 형태를 확인하듯 자신의 입술을 움직였다.

아리사는 그 움직임에 숨결을 흘렸다.

그리고 유즈루는 혀로 가볍게 아리사의 입술을 쓰다듬었다.

그러자 아리사는 한순간 몸을 크게 떨었다.

하지만 유즈루는 아리사를 힘껏 끌어안아서 그녀의 저항을 억눌렀다.

아리사의 입술과 입 안의 경계.

그곳으로 혀를 가볍게 넣었다가 뺐다.

그때마다 아리사는 움찔움찔 몸을 떨었다.

"응, 하아……."

유즈루가 천천히 입술을 뗐다.

아리사는 어딘가 안심한 것 같은, 하지만 아쉬운 것 같은 목소리를 높였다.

"이, 이번에는 무척……."

아리사는 자신의 입가를 손등으로 훔치며 유즈루를 올려다봤다.

"정열적, 이네요."

바라본다고도, 노려본다고도 받아들여지는 표정으로 그렇게 말했다.

"싫었어?"

유즈루의 물음에 아리사는…….

"……싫지는, 않아요."

부끄러워하면서도 확실히 그렇게 대답했다.

※

"……그러고 보니 슬슬, 점심시간이네요."

"그러네."

아리사의 말에 유즈루는 방수 시계를 확인했다.

시각은 11시 반.

슬슬 아야카가 지정한 점심식사 시간이었다.

"아마 점심은 BBQ를 한다고 그랬죠?"

"그래. 아마도…… 담당은 아야카랑 치하루랑 소이치로인가."

이번 해수욕에서는 각자가 담당하는 무언가——예를 들면 식재료 등——를 가져오기로 했다.

예를 들면 아야카는 고기, 치하루는 채소, 소이치로는 해산물을 각자 가져오게 되었다.

"……제대로 된 음식이라면 좋겠는데."

세 사람의 성격——특히 아야카——을 생각하면 '장난'으로 나갈 가능성이 있었다.

"아, 아무리 그래도 먹을 수는 있는 것일 거라고 생각한다고요……?"

아무래도 아리사 역시도 '이상한 것'을 가져왔으리라 여기는 모양이었다.

그렇지만 정말로 못 먹는 것, 사람을 가릴 법한 것을 가져와서 아무도 못 먹는다……는 상황이 된다면, 확실히 분위기가 깨진다.

셋 다 그 정도는 알고 있을 테니까, 최소한 먹을 수 있는 것을 가져왔을 터……라고 유즈루와 아리사는 믿고 싶었다.

"어쨌든 슬슬 집합 장소로 갈까. 지각하면 엄청 투덜댈 것 같아."

"그러네요."

두 사람은 바다를 나와서 ──아리사는 파카 등을 걸치고── 집합 장소로 향했다.

잠시 걸어가자…….

"……호랑이도 제 말하면 온다더니 말이죠."

"기왕 만났으니까 같이 갈까."

아야카와 치하루를 발견했다.

유즈루와 아리사는 두 사람에게 말을 건네려고 했지만.

"……분위기가 이상하지 않나요?"

"……그러게."

무심코 아리사와 유즈루는 바위 뒤에 숨었다.

그리고 두 사람을 엿보며 살며시 귀를 기울였다.

"뭐, 어떤가요, 아야카 씨."

"아, 아니, 하지만 아무리 그래도 이런 곳에서, 그건……."

"괜찮다고요, 아무도 안 봐요."

"하지만, 나, 나한테는, 소이치로 군이……."

"그런 거, 저한테는 관계없다고요. ……그렇죠?"

"그, 그만…… 앗……."

유즈루와 아리사는 슬며시 뒤로 물러나서…….

그대로 도망치듯 그 자리에서 떠났다.

"저, 저희한테는 이른 세계였어요……."

"……우리는 아직 어린애였구나."

※

집합 장소에 도착하자 이미 히지리와 텐카, 그리고 소이 치로가 먼저 기다리고 있었다.

소이치로는 유즈루와 아리사에게 물었다.

"아야카랑 치하루, 못 봤어?"

"아, 아니, 딱히……."

"아무것도 안 봤어요."

두 사람이 그렇게 대답하자 소이치로는 작게 어깨를 으 쓱였다.

"그런가. ……뭐, 어차피 어디서 알콩달콩하고 있겠지."

지각하지 말라고 그런 녀석일수록 지각하는 법이란 말 이지…….

그러면서 소이치로는 한숨을 내쉬었다.

그리고 5분 뒤.

해변을 달리며 두 소녀가 이쪽으로 다가왔다.

"미안해!"

"이것 참―, 좀 늦었어요."

기죽지도 않고 두 사람은 그렇게 말했다.

그리고 이미 설치되어 있는 BBQ 세트로 시선을 향했다.

"벌써 준비해 줬구나."

"남자 셋이 말이지."

아야카에게 텐카는 그렇게 대답했다.

기다리는 것도 심심하다며 이미 유즈루와 소이치로, 그리고 히지리가 설치해 버렸다.

남은 것은 식재료를 놓고 숯에 불을 붙이면 시작된다.

"자, 이제 식재료 준비인데…… 둘이 왔으니까 보여주도록 할까."

소이치로는 그러더니 가져온 아이스박스를 열었다.

그리고 비닐봉투에 든 식재료를 늘어놓았다.

"일단…… 새우, 가리비, 오징어, 키조개, 소라, 전갱이. 이 정도는 정석이겠네. 그리고 내 추천으로 가져 온 게하고 바위굴이야."

소이치로가 가져온 것은 상상보다도 평범했다.

유즈루를 포함한 네 사람은 가슴을 쓸어내렸다.

이런 거면 괜찮아, 이런 거면.

그런 라인업이었다.

"의외로 평범하잖아."

"그래. 사실은 수르스트뢰밍을 가져올까 했는데…… 자중했어."

"대단하네, 장하다 장해."

히지리는 소이치로의 머리를 쓰다듬었다.

그리고 소이치로는 "남자가 쓰다듬어도 안 기뻐"라며 그것을 뿌리쳤다.

"그럼 다음은 전가요."

치하루는 자신이 가져온 아이스박스를 열었다.

그리고 비닐봉투에 들어있던 ──사전에 손질해 가져왔나 보다── 채소를 꺼냈다.

"제철 채소는 지방 특산물로 챙겨 왔어요. 옥수수, 감자, 양파, 토마토, 양배추, 마늘. 이 정도는 정석이겠죠. 버섯은 표고랑 새송이. 그리고 쿠조 파, 카모 가지, 후시미 고추, 이 세 가지는 추천해요."

겸사겸사 마무리용 야키소바 면도 준비했어요. 치하루가 덧붙였다.

의외로 평범했다.

특히 특산 채소를 가져오는 것으로 독자성을 어필하는 부분은 포인트가 높았다.

"디저트로 두리안을 가져올까 당일까지 고민했지만, 단념했어요."

"대단하네, 장하다 장해."

"좀 더 칭찬해 줘요!"

"잠깐, 끌어안지 마!!"

텐카의 가슴에 얼굴을 들이미는 치하루는 제쳐놓고, 아야카는 자기 차례라며 아이스박스를 모래밭에 놓았다.

"엄청난 걸 가져왔으니까."

아야카의 말에 유즈루와 아리사는 얼굴을 마주 봤다.

좋지 않은 예감이 들었으니까.

한편 아야카는 신경 쓰지 않고 식재료를 늘어놓았다. 모두 밑처리를 마친 모양이라 굽기만 하면 되었다.

"소는 갈비, 우설, 내장. 돼지는 항정살. 닭은 소금이랑 소스로 양념해 놓은 꼬치용. 그리고 양고기."

의외로 평범하잖아.

유즈루는 안심하는 것과 동시에, 살짝 실망스러운 기분이 들었다.

……하지만 아야카는 식재료를 더욱 꺼냈다.

"그리고, 이게 사슴."

"……사슴?"

"그거랑, 토끼랑 꿩이야."

흐름이 변한 것을 유즈루는 느꼈다.

"그리고, 이게 악어!"

"악어!"

아리사가 놀란 목소리를 높였다.

……아주 살짝 눈이 빛났다.

"그리고 이건 굉장하지. 곰 발바닥!"

"아니, 엄청나잖아."

히지리는 어이없다는 심정이 반, 경악이 반인 목소리를 높였다.

"그리고 마지막은 개구리야."

"개, 개구리라니……."

텐카는 싫다는 표정을 지었다.

그녀는 먹고 싶지 않은 듯했다.

한편 아리사는 의외로 흥미진진한 모습으로 개구리를 바라봤다.

일단 아리사는 먹을 모양이니까 남을 걱정은 없었다.

'뭐, 나도 먹을 수 있고…… 아야카도 가져왔으니까 먹을 수 있겠지.'

유즈루는 과거에 중국으로 여행을 갔을 때, 개구리를 먹은 적이 있었다.

해외여행을 가면 이런 쪽의 식재료를 한 번 정도는 먹을 기회가 있다.

일본의 음식점에서도 제공하는 곳은 제공한다.

먹지도 않고서 싫어하는 사람만 아니라면 평생에 한 번은 입에 담는 음식이다.

"역시 아야카야……!"

"황홀해, 동경해!"

"흐흥, 좀 더 칭찬해!"

소이치로와 치하루가 머리를 쓰다듬자 아야카는 기분
좋게 미소를 지었다.

역시 이 세 사람은 감성이 통하는 모양이었다.

"그건 그렇고 식재가 꽤 많은데…… 다 먹을 수 있을까?"

유즈루는 그런 걱정을 입에 담았다.

성장기의 남녀가 일곱 명이 있다는 것을 고려하더라도
식재료의 양은 무척 많게 느껴졌다.

"어, 괜찮아. 남는 건 저녁 카레랑 된장국에 넣어버릴 거
니까."

"그건 무척 호화로운 저녁이 되겠네."

곰 발바닥은 어울릴 것 같지만, 개구리는 어울릴까?

유즈루는 내심 고개를 갸웃거렸다.

※

다행히도 유즈루의 걱정은 기우로 그쳤다.

해변, 숯불, BBQ, 마음이 맞는 친구와 함께.

이만한 조건들이 갖추어졌는데 식욕이 돋지 않을 리가
없다.

시끌벅적 떠들며 먹는 사이에, 순식간에 식재료는 줄어
들었다.

물론 전부 다 먹을 수는 없었지만…….

저녁의 카레로 돌린다면 충분히 소비할 수 있을 듯했다.

그리고 오후에는 일광욕을 하거나, 남녀로 나뉘어서 비치발리볼을 하거나, 수영하거나…….

그러는 사이 순식간에 시간은 지나갔다.

그리고 저녁으로 카레를 만들고, 모두 먹고, 뒷정리까지 마치고…….

"다들, 아직 자면 안 돼! 지금부터, 밤은 기니까!!"

아야카의 말에 모두 끄덕였다.

아직 아무도 잘 생각은 없었다.

"그럼 아리사. ……무슨 영화, 가져왔어?"

아리사는 밤에 모두 함께 볼 '영화' 담당이었다.

장르는 불문, 아리사에게 일임했다.

'하지만 아리사한테 영화라니…….'

이렇게 말하는 것은 그렇지만, 아리사에게 엔터테인먼트를 즐기는 이미지──이른바 '오타쿠 같은 이미지──는 그다지 없었다.

그래서 솔직히 아리사가 적임자로는 생각되지 않았다.

아마도 아야카가 아리사에게 영화를 맡긴 의도는, 그런 아리사가 어떤 영화를 가져올까? 같은 흥미 때문일 것이다.

유즈루도 아리사의 취향을 속속들이 안다고 말하기는 힘드니까, 조금 신경이 쓰였다.

'어쩐지 지ㅇ리 영화라든지, 아니면 왕도 로맨스 같은 걸 고를 법한 이미지가 있단 말이지.'

적어도 아리사가 괴수 영화나 액션 영화를 가져올 것으로 여겨지지는 않았다.

호러 영화는? ……논외일 것이다.

"그건 직접 보면 알 수 있어요."

아야카의 물음에 아리사는 시원스러운 표정으로 그렇게 대답했다.

……아무래도 자신이 있나 보다.

"어―, 신경 쓰여요! 어떤 건가요?"

"……아니 뭐, 솔직히 저도 내용은 그렇게까지 몰라요."

치하루의 물음에 아리사는 그렇게 대답했다.

"다만…… 저희 아버지가 추천했어요. ……그 사람은 미국에 유학 경험이 있으니까요. 작품 선정에 문제는 없을 거예요."

영화 문화가 왕성한 미국에서 유학한 적이 있는 사람이 고른 영화니까, 틀림없이 재미있을 것이다.

아리사는 그렇게 생각하는 모양이었다.

근거로는 무척 빈약했다.

'……괜찮을까?'

유즈루는 조금 걱정이 되었다.

빈말로도 아리사의 양아버지――아마기 나오키――에게 그런 센스가 있다고 여겨지지는 않았다.

"내용은 전혀 확인하지 않은 거야?"

"아뇨, 줄거리는 확인했어요. 재미있을 것 같았어요."

유즈루의 물음에 아리사는 자신만만하게 대답했다.

일단 내용을 전부 확인하지는 않았나 보다.

"그러는 유즈룽은, 제대로 과자 가져왔어?"

"뭐, 일단은."

참고로 유즈루는 과자 담당이었다.

유즈루는 배낭에서 사온 과자를 꺼냈다.

감자칩 같은 스낵류부터 약간의 막과자까지, 다양한 종류를 갖추어 두었다.

"호오—…… 의외로 나쁘지 않잖아."

"저, 틀림없이 분위기랑 안 맞는 케이크라도 가져올 거라고 생각했어요."

"나도 분위기 정도는 읽을 줄 알아."

케이크가 나쁜 것은 아니지만…….

친구들과 함께 떠들며 먹기에는 부적절했다.

"텐카, 주스 같은 건?"

"물론, 있어."

그리고 텐카는 음료 담당이었다.

그녀는 BBQ를 할 때에 마시고 남은 생수나 녹차, 우롱차에 더해서…….

비싸 보이는 병에 든 오렌지주스를 꺼냈다.

라벨에는 천연과즙이라고 적혀 있었다.

무척 좋은 주스를 가져온 듯했다.

"준비는 오케이…… 그럼, 아리사 씨."

"예, 틀게요."

히지리의 재촉에 아리사는 텔레비전 리모컨을 조작하여 영화를 틀었다.

영화가 시작되고, 금세 제목이 화면에 나왔다.

토네이도 샤크.

그것이 그 영화의 제목이었다.

"이것 참─, 아리사! 좋은 센스였어!!"

영화가 끝난 뒤.

아야카는 신이 나서는 그렇게 말했다.

"역시 아리사 씨예요! 예상에서 크게 벗어나지만 기대에는 그 이상으로 응한다! 최고였어요!!"

치하로 역시도 아리사를 잔뜩 칭찬했다.

그리고 칭찬을 받는 아리사는 현재…….

"그러네요. 재미있었어요. ……아버지한테 부탁한 게 정답이었네요."

만족스럽게 끄덕였다.

"어땠나요? 유즈루 씨."

"어? 어…… 아니, 응, 재미…… 아니, 즐거웠어."

재미있다기보다는 즐거웠다.

그것이 그 영화의 감상이었다.

태풍을 타고 하늘에서 상어가 (가끔은 악어가) 내려온다는 머리에 나사가 세 개 정도 빠졌다고만 여겨지는 그 영화는, 빈말로도 재미있다고 할 수 있는 작품이 아니었다.

하지만 여럿이서 웃으며, 딴죽을 걸며 보기에는 충분히 즐거웠다.

어떤 의미로 이 자리에서 최적의 해답이었다.

"……아리사는 이런 거 좋아해?"

"예, 좋아해요!"

만면의 미소로 아리사는 그렇게 대답했다.

"그, 그런가……."

이리하여 유즈루는 약혼자가 가진 의외의 일면을 알게 된 것이었다.

※

"……이번에는 쌍둥이인가요."

"아리사 씨, 또 낳았구나—."

"이것 참, 아이가 잔뜩 있는 건 좋은 일이잖아? 이걸로 타카세가와는 평안하겠어."

치하루, 텐카, 아야카는 '아이가 태어난' 아리사에게 저마다 그리 축복했다.

한편 아리사는 부끄러운 듯 얼굴을 붉히고서 꾸물꾸물했다.

"그, 그만해요! 이, 인생 게임이라고요?! 유즈루 씨의 아이가 아니라고요……."

영화를 본 일행은, 히지리가 가져온 ──그는 이른바 즐길 거리 같은, 모두 함께 놀 수 있는 게임 담당이었다── 인생 게임을 즐기고 있었다.

그리고 마침 아리사가 네 번째 아이를 출산한 참이었다.

"들었나요, 아야카 씨! 유즈루 씨 아이가 아니라고 하는데요?!"

"싫어라, 유즈룽의 머리가 터져버리겠어⋯⋯."

"바, 바람⋯⋯?"

세 사람의 말에 아리사는 화난 듯 미간을 추어올렸다.

"시, 실례예요! 낳는다 한다면 당연히 유즈루 씨 아이잖아요!!"

"하지만 유즈룽은 다른 여자랑 결혼해서 아이를 만들었는데?"

아야카는 유즈루의 말을 가리켰다.

유즈루의 말은 '여성의 말'과 두 명의 '아이의 말'과 함께 있었다.

"저, 저건⋯⋯ 아니, 애당초 이건 게임이잖아요! 현실의 이야기랑 뒤섞지 말아요!"

"참고로 현실이라면 몇 명을 낳을 것 같나요?"

"예? 뭐⋯⋯ 숫자는 많은 편이 떠들썩하겠구나─ 생각은 하지만⋯⋯ 아니, 뭘 묻는 건가요!!"

아리사는 얼굴을 새빨갛게 물들이고 거칠게 말했다.

한편 소이치로와 히지리는 히죽히죽 미소를 지으며 유

즈루의 어깨를 두드렸다.

"그렇대. 힘내라, 유즈루."

"빨리 둘 더 만들어서 숫자를 맞춰."

"너희들 말이지……."

유즈루는 쓴웃음 지으며 룰렛을 돌리고 말을 움직였다.

멈춘 곳에는 '이혼! 한 번 휴식. 위자료와 양육비로 마이너스 500만'이라고 적혀 있었다.

"어? 아리사, 왜 이혼했어? 유즈룽, 싫어졌어?"

"이혼한 건 제가 아니에요. 상간녀예요. 개운해졌어요."

"아리사까지 대체 무슨 소리야……."

그렇게 이러니저러니 해도 게임 그 자체는 무척 흥이 올랐다.

※

다음 날 아침.

"응……."

유즈루는 비쳐드는 아침햇살에 무심코 눈을 떴다.

주위를 둘러보니 텅 빈 페트병, 과자 부스러기, 그리고 이불을 두르고서 잠든 친구들의 모습이 있었다.

어젯밤에는 실컷 떠들고, 놀고, 그리고 모두 침대에 들어가지도 않고서 잠들어 버린 것이었다.

"다시 잘까…… 아니……."

눈을 다시 붙이더라도, 바다에서 태양이 올라오는 것을 본 다음이라도 늦지는 않다.

유즈루는 가볍게 세수를 하고 밖으로 나왔다.

해변으로 나오자…….

"아, 유즈루 씨."

잠옷을 입은 아리사가 있었다.

아무래도 유즈루보다도 먼저 일어났나 보다.

"빨리 일어났네요."

"그러는 너는 더 빨리 일어났네."

"좀 전에 막 깼어요."

그러면서 아리사는 미소 지었다.

둘이서 해변에 앉아 바다를 바라봤다.

지금 바야흐로 태양이 떠오르려 하는 참이었다.

"……이제 끝나 버리겠네요."

아리사는 미소를 지으며 아쉽다는 듯 그렇게 말했다.

모두가 깨면 아침을 먹고, 정리를 하고, 낮에는 돌아갈 예정이었다.

"돌아갈 때까지가 소풍이야, 아리사. 앞으로 반나절은 더 남았어."

"돌아가는 길에는 다들, 잠들지 않을까요?"

"확실히 그건 그래."

유즈루는 쓴웃음 지었다.

바다에서 놀고, 게다가 밤을 새다시피 했으니까 모두 체력은 바닥을 드러내고 있을 터.

돌아가는 차 안에서는 모두가 잠들 것이다.

유즈루도 깨어 있을 자신은 없었다.

"정말로 즐거웠어요. ……고마워요."

"그건 초대해 준 아야카한테 말하는 게 어때?"

유즈루는 쓴웃음 지으며 말했다.

유즈루도 아리사와 마찬가지로 초대받은 쪽이고, 감사를 해야 하는 입장이다.

"물론이에요. 하지만…… 아야카 씨와 알 수 있었던 건, 유즈루 씨 덕분이에요."

당신과 알게 되지 않았다면.

당신과 이런 관계가 아니었다면.

나는 이곳에는 없을 것이다.

바다에 초대해 줄 친구는 없었을 것이다.

아리사는 미소 지으며 그렇게 말했다.

"그러니까…… 유즈루 씨 덕분이에요."

"지나친 과대평가야. 지금이 있는 건 네가 변했기 때문이겠지?"

유즈루는 알고 있었다.

그녀가 이전보다도 훨씬 밝아졌다는 사실을.

그녀가 남의 안색을 살피고, 본심을 감추는 짓을 하지 않게 된 것을.

그녀가 양부모에게 "유즈루와 결혼하고 싶다"라는 자신

의 의사를 분명하게 전한 것을…… 용기를 가진 것을 알고
있었다.

"그 계기도 유즈루 씨 덕분이에요."

"설령 그럴지라도…… 변한 건, 변하려고 한 건, 네 의사
와 힘이잖아?"

"……그럴까요?"

"그렇다마다. 그러니까 나는 네가 좋아졌어."

유즈루는 그러면서 아리사의 손을 가볍게 잡았다.

"……고마워요."

유즈루의 말에 아리사는 조금 수줍게 미소 지으며 끄덕
였다.

"하지만…… 저, 생각해요. 저한테는 유즈루 씨가 필요
했을지라도, 유즈루 씨한테는 제가 필요했을까…….."

"갑자기 무슨……."

"유즈루 씨는 지금도 과거에도, 계속 멋졌잖아요?"

그 말에 유즈루는 고개를 갸웃거렸다.

그러니까 아리사와 만나기 전과 후로, 좋은 의미로 변함
이 없다고 아리사는 말하는 것이었다.

유즈루로서는 '변했다' 말하고 싶은 참이었다.

아리사에게 좋은 모습을 보여주려고 몸가짐에는 더더욱
신경을 쓰게 되었고, 방도 나름대로 정리하게 되었다.

하지만 아리사가 말하고 싶은 것은 그런 이야기가 아니
었다.

"저, 유즈루 씨한테 무언가 갚을 수 있을까 해서…….."

자신은 유즈루 덕분에 변할 수 있었다, 행복해질 수 있었다.

하지만 자신은 그만큼, 유즈루를 마찬가지로 행복하게 해주고 있을까…… 아리사는 그런 점을 말하고 싶은 것이었다.

물론 유즈루는 지금, 행복했다.

이렇게나 귀여운 약혼자가 있는 남자가 행복하지 않을 리가 없다.

그렇지만 아리사라는 약혼자가 생기기 전의 유즈루가 불행했느냐고 한다면 그렇지는 않았다.

그런 의미에서…… 행복과 불행의 격차에서는, 아리사와 비교한다면 작다고 할 수 있었다.

"그럼 앞으로 기대해 볼까."

유즈루는 아리사의 말에 그렇게 대답했다.

"앞으로?"

"네가…… 아리사가 없었다면, 약혼자가 아니었다면, 오싹하다. ……내가 그렇게 생각할 정도로, 날 행복하게 만들어 줘."

유즈루는 그러면서 뺨을 긁적였다.

스스로 말해놓고서 조금 부끄럽다고 느낀 것이었다.

"그러네요! 앞으로…… 참 기네요."

아리사는 기쁜 듯 미소 지었다.

그 뒤 거리를 좁히고…….

기나긴 키스를 나누었다.

※

해수욕 이후로 며칠 뒤의 어느 날.

"자, 잠깐…… 유즈루 씨! 그 사진, 지워요!"

"어, 괜찮잖아. 너도 같이 찍자고…… 의욕적이었잖아?"

유즈루와 아리사는 휴대전화를 들여다보며 그런 말다툼을 벌이고 있었다.

화면에는 수영복 차림의 유즈루와 아리사의 투샷이 있었다.

해수욕 당일에 같이 촬영한 사진이었다.

"새, 생각이 바뀌었어요! 여, 역시, 그 수영복은 사진으로 남기기에는 부끄럽다고 할까……."

"아, 아니, 하지만…… 아까운데……."

"안 된다면 안 되는 거예요!"

아리사는 그러더니 유즈루의 휴대전화로 손을 뻗었다.

유즈루는 황급히 휴대전화를 든 손을 높이 들고, 아리사의 마수에서 벗어나려고 했다.

아리사도 마찬가지로 손을 뻗고 유즈루 위로 덮쳤다.

뒤로 뒤집어진 유즈루는, 아리사를 휴대전화에서 떼어

놓으려고 한 손으로 그녀를 밀려다가…….

그만 가슴을 움켜쥐고 말았다.

"앗, 잠깐…… 뭘 하는 건가요!"

아리사는 부끄러운 듯 가슴을 양손으로 감싸며 펄쩍 물러났다.

그 틈에 유즈루는 아리사 밑에서 빠져나왔다.

"네가 억지로 지우려고 하니까 그러잖아. 딱히 뭐 어때? 사진 정도야."

"사진 정도라고 생각한다면 지워요. 여기에 실물이 있으니까, 그걸로 충분하잖아요?"

"아니, 하지만 수영복은 좀처럼 볼 수 없는 거니까……."

"앞으로 매년, 여름에 볼 수 있잖아요."

게다가…….

아리사는 그러면서 어렴풋이 뺨을 붉혔다.

"유즈루 씨가 꼭 보고 싶다면, 부탁한다면…… 못 보여줄 것도, 없어요."

"……정말로?"

"예. 저는 유즈루 씨의 약혼자니까요. ……사진 같은 것보다 실물이 좋지 않나요?"

아리사는 유즈루의 귓가에 그렇게 속삭였다.

그리고 살며시 유즈루의 휴대전화로 손을 뻗었다.

"그러니까…… 지우죠?"

"으, 으—음……."

"있죠? 부탁해요. 그, 그게…… 실물은 사진과 달리, 만질 수 있다고요?"

아리사는 그렇게 말하면서 유즈루에게 가슴을 꾹꾹 들이밀었다.

부드러운 둔덕의 감촉에 유즈루의 마음이 흔들렸다.

"자, 유즈루 씨…… 좋아하죠? 아까도 만졌으니까요."

"아, 아니, 그건 사고지 고의가 아닌데……."

"기왕이면 좀 더 제대로 만져보고 싶지 않나요? 사실은 신경 쓰이죠?"

아리사는 자신의 가슴을 손가락으로 찌르며 말했다.

캐미솔이, 하얀 블라우스 천에서 비쳐 보였다.

"아니, 따, 딱히……."

"참는 건 좋지 않다고요?"

아리사는 그러면서 유즈루의 손을 붙잡더니 살며시 자신의 가슴으로 이끌었다.

그대로 유즈루는 손에 힘을 싣고 말았다.

말랑, 부드러운 감촉을 느꼈다.

"응…… 어떤가요?"

"……부드러워."

계속 만지고 싶어지는, 버릇이 될 것 같은 감촉이었다.

그만 유즈루는 몰두해서 계속 만지고 말았다.

아리사는 귀까지 붉게 물들이면서도 5초 정도 그것을 허락해 주었다.

그리고…….

"만졌죠? 자, 지워요."

"으…… 속였구나, 아리사."

"야한 것만 생각하는 유즈루 씨 잘못이에요."

유즈루는 할 수 없이 사진을 지우기로 했다.

그렇지만 계속 당하고만 있는 것은 조금 아니꼬웠다.

"남더러 야하다느니 어쩌느니 하지만, 그러는 네 쪽이 음란하잖아."

"아니! 무슨 말인가요……! 대체 제 어디가…….."

"그 옷, 굳이 나한테 보여주려는 거지? 아니야?"

"이, 이건 시스루라고…… 이런 패션이에요! 밖에서 다 닐 때는 여기에 외투를 걸치니까 딱히 단정하지 못한 것도 아니고…….."

"하지만 내 앞에서는 아무것도 안 걸치잖아."

"그, 그건…… 그게 그런 패션이니까…… 싫은, 가요?"

아리사의 물음에 유즈루는 고개를 가로저었다.

"아니, 싫진 않아."

"그럼 됐잖아요. ……어쩔 수 없이 맞춰주는 거라고요, 유즈루 씨 취향에."

아리사는 그러고는 미소 지었다.

"잘됐네요. 제가 약혼자라서."

"그건…… 그러네. 네가 약혼자가 아니었다고 생각하면 오싹해."

유즈루는 그리 말하며 웃더니 아리사를 가볍게 끌어당겼다.

그리고 그녀의 입술을 빼앗았다.

아리사도 그것을 받아들였다.

그리고 아리사는 유즈루의 어깨에 자신의 머리를 살포시 얹었다.

"저기…… 유즈루 씨. 앞으로의…… 훨씬, 미래의 이야기인데요."

"응?"

"……아이는, 원하나요?"

"아, 아이?!"

아리사의 갑작스러운 발언에 유즈루의 심장이 힘껏 뛰었다.

"아, 아니…… 그게, 전에…… 인생 게임에서 아이 이야기를 했잖아요."

"어, 어어…… 뭐, 뭐어, 그랬지."

"유즈루 씨는…… 원하는, 가요?"

아리사는 유즈루를 올려다보며 그렇게 물었다.

한순간 유즈루는 '이건 유혹하는 건가' 하고 착각할 뻔했다.

실제로 지금은 그런 분위기지만…….

그러나 고등학생이 임신이라니 언어도단일 것이다.

그러니까 이것은 단순히 장래의 가족계획 이야기였다.

······일단 유즈루는 그렇게 생각하기로 했다.

"그건 물론이야."

가장 먼저 유즈루 개인의 심정으로, 사랑하는 사람과의 아이를 원한다는 마음이 있었다.

그리고 둘째로 타카세가와 가문의 차기 당주로서, 다음 대를 이을 아이를 만들어야만 한다는 의무감도 있었다.

유즈루에게 그것은 솔직히 말하자면 물어볼 필요도 없는, 당연한 일이었다.

"그런가요. ······그건 다행이네요."

"다행이라니······?"

"최근엔 딱히 바라지 않는 사람도 많다고 들었으니까······ 아, 당연히, 저도, 그게······ 원해요."

부끄러운 듯 아리사는 유즈루에게 그리 말했다.

매끄러운 입술에서 자아내는 그 '원한다'라는 말에, 유즈루는 살짝 두근두근했다.

"참고로······ 남자아이랑 여자아이, 어느 쪽을 원하나요? 몇 명이 있으면 좋겠다든지, 있나요?"

"한 사람씩일까······."

"그건 어째서?"

"우리 가족이 그러니까, 그것이 표준적이라는 이미지가 있어. ······너는?"

"저는 성별에 고집은······ 아뇨, 역시 남자아이든 여자아이든 양쪽 다 원해요. 숫자는······ 셋은 되어야 하지 않을까요."

"확실히 셋 정도는 있는 편이 시끌벅적할지도."

유즈루는 여동생이지만, 남동생이 하나 더 있어도 좋지 는 않을까 생각한 적이 있었다.

그리고 아유미는 아유미대로, 성별 관계없이 동생을 원하는 듯했다.

아이 둘이 표준이라면, 거기에 하나를 추가하는 형태가 유즈루로서는 이상적일지도 모른다.

"하지만…… 셋이라면, 여, 열심히…… 해야겠네요."

뺨을 붉히고 아리사는 그렇게 말했다.

확실히 '출산'하는 것은 아리사다. 그것을 지탱하고 도와 줄 수는 있어도, 대신할 수는 없다.

"그렇지만…… 하지만 그렇게까지 애쓸 필요 없어. 애당 초 아직 먼 미래의 이야기잖아."

"미래의 이야기라면…… 유즈루 씨는 언제쯤을 생각하 나요?"

"적어도 대학교 졸업 이후일까……?"

재학 중에 임신 출산은 아무래도 평판이 좋지 않다.

"조, 졸업 후? 그건 또…… 무척 머네요."

"……아리사는 조금 더 빠른 게 좋겠어?"

"예? 아, 아니, 그런 건 아니지만…… 저, 저기, 그게, 여 차할 때에 못 하면 곤란하니까요. 연습은 일찍 하는 편이 좋지 않을까 해서……."

"······연습?"

"예. 그게, 키스 때도······ 했잖아요. 우리 관계도 깊어졌고, 그, 그게, 슬슬······ 어, 어떨까 해서······."

흘끗흘끗 아리사는 유즈루의 얼굴을 살피며 말했다.

그리고 유즈루는 자신의 인식과 아리사의 인식이 조금 어긋나고 있다는 것을 깨달았다.

"어, 어어! 그, 그렇구나. 그쪽 이야기인가······ 그건, 그러네. 슬슬 연습은 시작해도 될지도 모르겠어."

"······뭐라고 생각하는 건가요?"

"······임신 계획 이야기인가 싶은데."

아리사는 유즈루의 가슴팍을 가볍게 주먹으로 때렸다.

"그, 그럴 리, 없잖아요! 아, 아뇨, 관계가 없는 건 아니라고 할까, 비슷한 이야기이기는 하지만······."

"아, 아니, 미안해. 이야기 도입부가······ 그게, 무척 구체적인 가족계획이었으니까······."

"그, 그 전의 분위기를 생각하라고요! 그, 그런······ 분위기였잖아요······."

부끄러운지 어깨를 부들부들 떠는 아리사.

이래서는 조금 전 유즈루의 '음란한 건 아리사'라는 말을 증명하고 마는 꼴이었다.

"미안, 미안. ······아니, 물론, 나도 하고 싶어. 셋을 만들려면, 서로 열심히 해야 하니까."

"유즈루 씨, 바보!"

유즈루는 거들어줄 생각이었지만 아리사는 놀린다고 느꼈나 보다.

퍽퍽 유즈루의 가슴팍을 거칠게 때렸다.

"애, 애당초…… 아이 운운 이야기는, 더더욱, 훨씬 뒤의 이야기잖아요. 아직 만든다고 단정할 수도 없고……."

"어? ……아이를 만드는 건, 아리사는 조심스럽나?"

"아뇨, 원하기는 하지만…… 그다지 이미지가 그려지지 않으니까요……."

자신이 어머니가 된다는 것에 그다지 실감이 들지 않는 모양이었다.

다만 유즈루도 아버지가 된 자신을 상상할 수 있느냐면, 미묘한 구석이 있지만.

"게다가, 한동안은 둘이서 지내는 것도 괜찮을까 해서."

"확실히. 아이가 생기면 바빠질 테니까."

유즈루의 아버지나 할아버지는 얼른 하라며 재촉할지도 모르지만…….

부모나 할아버지의 손주/증손주를 보고 싶다는 감정보다도 약혼자와의 시간이, 아내와 단둘이 보내는 시간이 소중하다.

"애당초 그런 건 대학교를 졸업하고 취직을 한 다음부터 본격적으로 생각할 일 아닐까요."

"그건 확실히 그래."

"하물며 아직 태어나지도 않은 아이의 결혼 상대라니,

더더욱 먼 이야기에요."

"아이의 결혼 상대?"

유즈루는 고개를 갸웃거렸다.

적어도 유즈루는 아직 태어나지 않은 아이의 장래까지 이야기하지는 않았다.

물론 타카세가와 가문의 다음 대를 이을 아이를 양육해야 한다는 각오는 가지고 있지만.

"치하루 씨가 이전에, 자기 아이와 제 아이의 맞선은 어떠냐고…… 농담이라도 너무 성급하다고 생각하지 않나요?"

"어―, 그 이야긴가. 치하루, 아리사한테도 제안했나."

"……그렇다면 유즈루 씨한테도 이야기를 했나요?"

"타카세가와와 우에니시, 우애의 가교로 어떠냐고."

유즈루는 무심코 어깨를 으쓱였다.

"확실히 지나치게 성급한 이야기야. ……애당초 아이는 하늘이 내려주는 건데. 생길지도 알 수 없고, 성별도…… 같다면 결혼은 어렵겠지."

"그러네요. 애당초 정략결혼이라니……."

"뭐, 실현된다면 나쁜 이야기는 아닐지도 모르지만."

"……예?"

유즈루의 말에 아리사는 조금 놀란 듯 눈을 크게 떴다.

"……유즈루 씨는 생각이 있는 건가요?"

"아니, 그런 생각은 전혀. 애당초 태어나지도 않은 아이의 이야기를 해봐야 딱히 의미는 없다고 생각하는데……."

"그럼…… 태어난 다음의 이야기라면?"

"그건 일고의 여지가 있지 않을까? 물론 그것을 받아들이는지는 아직 태어나지 않은 아이한테 달렸다고 생각하지만."

그러면서 유즈루는 무심코 쓴웃음 지었다.

아직 태어나지 않은 아이의 연애 사정이라니, 생각해봐야 소용없다.

태어난 뒤라도, 예상할 수 있는 일도 아니다.

"하지만…… 정략결혼, 이라고요?"

"……우리도 그렇잖아."

"……유즈루 씨는 정략결혼이니까 저랑 약혼했나요? 아니죠……?"

확인하듯 아리사는 유즈루에게 그리 물었다.

당연하다는 듯 유즈루는 크게 고개를 끄덕였다.

"당연하잖아. 정략결혼 운운은 제쳐놓고, 네가 좋으니까. 프러포즈도 다시 했잖아?"

부모의 의지가 아니다.

그것은 나 자신의 뜻이다.

유즈루의 프러포즈에는 그런 의미가 있었다.

"그런, 거죠? 그렇다면…… 연애결혼, 이죠? 저희는."

"아니, 하지만 계기는 어디까지나 맞선이고…… 정략결혼 아닐까? 너랑 그 자리에서 만나지 않았다면…… 아니 뭐, 동급생이니까 만나기는 했지만, 이런 관계는 될 수 없지 않았을까."

맞선을 보고.

위장 약혼을 하고.

좌절하고, 도움을 받고.

서로의 보호자를 속이기 위한 데이트를 하거나.

그리고 현재가 있다.

적어도 유즈루는 그렇게 인식했다.

그리고 아리사 역시도 그에 이론은 없었다.

하지만, 그러나…….

"그건 뭐, 그럴지도 모르겠지만……."

"아리사……?"

"미안해요. 말로 정리를 제대로 못 하겠어요."

아리사는 조금 곤란하다는 듯 뺨을 긁적였다.

유즈루도 아리사가 무엇이 그렇게 걸려서 그러는지 이해할 수 없어서 고개를 갸웃거렸다.

다만, 하나 분명한 것은…….

아무래도 유즈루와 아리사의 연애관에는 큰 인식의 차이가 있다는 사실.

두 사람은 그것을 처음으로 인식했다.

"유즈루 씨…… 유즈루 씨!"

유즈루가 눈을 뜨자 그곳에 사랑하는 약혼자가 있었다.

유즈루의 이름을 부르며 흔들어 깨우려 하고 있었다.

"안녕…… 아리사. 오늘도 귀엽네."

"……잠꼬대 말고 일어나요."

조금 차가운 목소리로 날아든 말에 유즈루는 눈을 비비며 일어났다.

그리고 주위를 둘러봤다.

그곳은 새하얀 방이었다. 문으로 보이는 것 말고, 주위에는 아무것도 없었다.

"저기…… 여긴?"

"그건 제가 할 말이에요. 정신이 들었더니 여기에 있었어요. ……유즈루 씨가 한 거죠?"

"왜 내가……."

설령 납치감금을 당했더라도, 주모자가 유즈루일 리가 없었다. 왜냐면 유즈루도 이 방에 갇혀 있으니까.

"시치미 떼지 말아요. ……저런 짓을 하는 건 유즈루 씨 정도예요."

아리사는 조금 붉은 얼굴로 문을 가리켰다.

그 문에는 이렇게 적혀 있었다.

『야한 걸 하지 않으면 나갈 수 없는 방』

"……"

"아, 아무리 저랑 하고 싶다고 해도…… 이, 이런 장난, 치지 말아요!"

아리사는 얼굴을 붉히며 화난 표정으로 그렇게 말했다. 어쩐지 아주 마음에 없지도 않은 것처럼 보이기도 했다.

하지만 유즈루에게는 전혀 기억이 없었다.

"정말로 모르는데……"

"예……?"

아리사는 눈을 크게 떴다. 아무래도 범인은 정말로 유즈루가 아닌 것 같다고 깨달은 아리사는 표정이 굳어졌다.

"그, 그건…… 곤란한데요."

"안 열려?"

"적어도 제 힘으로는……"

아리사의 힘으로는 열리지 않았다. 하지만 유즈루의 완력이라면 열릴 가능성은 있었다.

그래서 유즈루는 문을 억지로 잡아당기거나, 밀거나, 몸을 부딪쳐 봤다.

하지만 열리지 않았다.

둘이서 큰소리로 도움을 청해 봤지만, 역시 문이 열리지는 않았다.

"설마, 정말로 야한 걸 하지 않으면 안 열리는 건가……?"

"무슨, 설마요. 얇은 책도 아니니까……."

"……아리사, 얇은 책을 읽은 적은 있어?"

"예? 어…… 아, 아뇨, 설마! 아, 아야카 씨한테 이야기를 들었을 뿐이에요!"

조금 당황한 표정으로 아리사는 그렇게 말했다. 분위기를 봐서는 읽은 적이 있는 듯했다.

그렇지만 지금은 그것을 추궁할 여유는 없었다.

"……어쩔 수, 없네요."

아리사는 툭 하니, 그렇게 중얼거렸다.

그리고 교복 리본을 풀고, 이어서 단추를 하나하나 풀기 시작했다.

검은 레이스 속옷——의외로 섹시한 속옷——이 조금씩 모습을 드러냈다.

"아, 아리사……?"

유즈루는 얼굴을 붉히며 곤혹스러운 표정을 지었다.

블라우스 단추를 모두 푼 아리사는 부끄러운 듯 유즈루를 흘겨봤다.

"그, 그게…… 유즈루 씨도, 빨리……."

"아, 아니, 하지만……."

"어, 어쩔 수 없잖아요! 이, 이러지 않으면…… 안 열리겠죠?"

아리사는 얼굴을 붉히고 부끄러운 듯 가슴을 가리며 그

렇게 말했다.

"그, 그게…… 저만 이러면, 부끄럽잖아요……."

"……알았어."

체념한 유즈루는 셔츠 단추를 풀었다. 내의까지 벗어서 상반신만 알몸이 되었다.

"저기, 아리사도……."

"조, 조금만 더, 이대로 있게 해줘요……."

블라우스 단추만 푼 상태로 아리사는 말했다.

무리해서 벗으라고 할 수도 없어서 유즈루는 작게 끄덕였다.

"그, 그리고…… 유즈루 씨."

"……왜?"

"그, 그게, 처, 처음이니까…… 다, 다정하게……."

부끄러운 듯 고개를 숙이며 그렇게 말했다.

약혼자의 귀여운 태도에 유즈루는 무심코 마른침을 삼켰다.

"아, 알았어."

유즈루는 고개를 끄덕이고, 아리사의 가냘픈 어깨에 손을 얹었다.

천천히 아리사를 끌어당기고, 그리고 그녀의 부드러운 입술에 입술을 맞댔다.

가볍게, 쪼듯이 몇 번인가 키스를 나누고, 서로 입술을 합쳤다.

입술로 입술의 형태를 확인하고, 살며시 혀를 안으로 넣었다.

아리사의 혀끝을 자신의 혀로 붙잡았다.

그러자 아리사도 살짝살짝, 위태롭게 유즈루의 혀를 핥았다.

"유, 유즈루 씨……."

붉게 상기된 얼굴로 아리사는 유즈루를 올려다봤다. 어딘가 애태우는 표정이었다.

유즈루는 아리사의 블라우스에 손을 대고 그것을 어깨부터 천천히 벗겼다.

새하얀 피부와, 검은 레이스 속옷으로 감싸인 두 언덕이 드러났다.

"……예뻐."

유즈루는 그런 아리사의 큰 둔덕으로 손을 뻗었다.

블라우스 위에서도 제대로 형태를 알 수 있는 그것에 손을 얹었다.

"으응……."

다정하게 힘을 싣자 아리사의 입술에서 달콤한 목소리가 새어 나왔다.

"유, 유즈루 씨. 조, 좀 더……."

"아리사……."

유즈루가 아리사의 속옷을 벗기려던…… 그때. 달칵, 소리가 났다.

유즈루와 아리사는 함께 문 쪽을 봤다.

"혹시……."

"열렸나."

두 사람은 얼굴을 잠시 마주 보고는 천천히 문 쪽으로 다가갔다.

그리고 가볍게 밀자…… 문은 열렸다.

"설마 정말로, 야한 걸 했더니 열릴 줄이야."

"하, 하지만…… 좀 이상하네요. 아직 마지막까지 안 했는데……."

"……마지막까지?"

유즈루는 무심코 고개를 갸웃거렸다. 아리사가 말하는 '마지막'이 무엇을 의미하는지 알 수 없었으니까.

"아, 아니…… 그러니까, 야한…… 그거예요. 그건, 안 했잖아요. 저, 적어도 그걸…… 할 때까지, 겠죠?"

"……해야만 하는 건 그냥 야한 거 아니었어?"

'야한 거'라면 딱히 뭐든 상관없을 터. 어디부터 어디까지를 '야한 거'라고 정의하는지는 개인에 따라 다르지만…… 유즈루는 충분히 조건을 채웠다고 느꼈다.

"……예?"

아리사는 어리둥절한 표정을 짓고는, 점점 얼굴이 붉어졌다.

"어, 아…… 아, 아니, 그게……."

"……혹시 마지막까지 하고 싶었어? 의외로 음란……."

"아니에요!!"

짝! 아리사는 유즈루의 가슴을 강하게 후려쳤다.

그리고…….

그 아픔에 유즈루는 눈을 떴다.

"대, 대체…… 뭐, 뭘…… 꿈?"

가슴의 아픔에 유즈루는 침대에서 벌떡 일어났다.

그리고 주위를 둘러보고…… 이곳이 자신의 방임을 확인했다.

"아, 아침부터 이상한 꿈을 꿔 버렸어……."

의외로 욕구불만이었나? 유즈루는 자신의 컨디션에 그런 의문을 품었다.

그리고 살짝 쓴웃음 지었다.

"아니…… 하지만, 조금만 더 갔다면 말이지……."

기왕 꿈이었으니까, 마지막까지 해버릴 것을 그랬나…… 하고 유즈루는 조금 후회했다.

"유즈루 씨, 바보!! ……어라?"

아리사는 자신의 외침에 눈을 떴다.

주위를 둘러보니 그곳은 자신의 방이었다.

"뭐, 뭐야, 꿈인가……."

아무래도 꿈이었나 보다. 그렇게 확신한 아리사는 안심했지만…… 그러나 금세 얼굴을 새빨갛게 물들였다.

"그, 그런 꿈을 꾸다니……."

자신은 그렇게나 욕구불만이었나! 부끄러운 듯 얼굴을 양손으로 덮었다.

그리고 문득 생각했다.

"어, 어차피 꿈이었다면…… 마지막까지 해도……."

살짝 후회했다.

그리고 그로부터 얼마 후.

"안녕, 아리사. ……얼굴이 빨간데, 무슨 일 있어?"

"아, 아무것도 아니에요……."

아리사는 한동안 유즈루의 얼굴을 볼 수가 없었다.

맞선 보고 싶지 않아서
억지스러운 조건을 달았더니
동급생이 온 일에 대해서

후기

오랜만입니다. 사쿠라기 사쿠라입니다.

이번에 무사히 5권을 발매하여, 제 시리즈 최장 기록을 경신했습니다.

여기까지 올 수 있었던 것도 여러분의 지원 덕분입니다. 감사합니다.

그리고 5권의 내용인데, 거칠게 정리한다면 '유즈루와 아리사의 엇갈림'이 테마입니다.

자세한 내용은 스포일러가 될 테니까 피하겠습니다만, 이제까지 표면에 드러나지 않았던 것이 간신히 나왔다는 느낌일까요.

서로 마음속 깊은 곳에서부터 통하게 되고 미래를 응시하게 되었기에 발생한 문제니까, 후퇴가 아니라 진전이라 생각합니다.

내용 자체는 심각한 것 같지만, 신혼 커플이 달걀프라이에 간장과 소스 중 무엇을 뿌리는지 싸우는 것과 비슷한 일입니다.

구체적인 해결은 6권 이후가 되겠네요.

참고로 저는 간장파입니다. 소스는 안 맞잖아요…….

IF 스토리는 전과 같이, 글자수가 남았으니까 적었습니다. 내용은 4권에서 가볍게 예고한 것입니다. IF 스토리도 그렇지만, 특전 단편과 관련해서는 항상 소재로 곤란해 하고 있으니까, 비교적 진지하게 모집하고 있습니다. Twitter 등에서 '맞선보고 싶지 않아서' 같은 해시태그를 붙이고 '이런 내용을 읽고 싶다' 같이 올리신다면, 어쩌면 채용⋯⋯할지도 모릅니다.

그런데 본 작품의 만화판 서적이 7월 8일에 발매되었습니다. (미유키 츠구하루 님, 만화판 제1권 발매, 축하합니다! 앞으로도 잘 부탁드립니다!)

소설과는 또 다른 형태로, 유즈루와 아리사의 이야기를 그리고 있습니다. 모쪼록 구입 검토를 부탁드립니다.

그럼 슬슬 감사의 말씀을 드리겠습니다.

삽화, 캐릭터 디자인을 담당해주시는 clear 님. 이번에도 멋진 커버 일러스트, 삽화를 그려주셔서 감사합니다.

또한 이 책의 제작에 관여해 주신 모든 분, 무엇보다 이 책을 구입해 주신 독자 여러분께 다시금 감사를 드리겠습니다.

그럼 6권에서 또 만날 수 있기를 기도하겠습니다.

OMIAI SHITAKUNAKATTA NODE MURINANDAI NA JOKEN WO TSUKETARA DOKYUSEI GA KIT/
KENNITSUITE Vol.5
©Sakuragisakura, Clear 2022
First published in Japan in 2022 by KADOKAWA CORPORATION, Tokyo.
Korean translation rights arranged with KADOKAWA CORPORATION, Tokyo.

맞선보고 싶지 않아서 억지스러운 조건을 달았더니 동급생이 온 일에 대해서 5

2023년 12월 1일 1판 1쇄 발행

저　　　　자	사쿠라기 사쿠라
일 러 스 트	clear
옮 긴 이	손종근
발 행 인	유재옥
이　　　　사	조병권
출 판 본 부 장	박광운
담 당 편 집	정지원
편 집 1 팀	박광운
편 집 2 팀	정영길 조찬희 박치우 정지원
편 집 3 팀	오준영 이해빈 이소의
디 자 인 랩 팀	김보라 박민솔
디지털사업팀	박상섭 김지연 윤희진
라이츠사업팀	김정미 맹미영 이윤서
영업마케팅팀	최원석 박수진 박소연
물 류 팀	허석용 백철기
경영지원팀	최정연
발 행 처	(주)소미미디어
인쇄제작처	코리아피앤피
등　　　　록	제2015-000008호
주　　　　소	서울시 마포구 토정로 222, 403호(신수동, 한국출판콘텐츠센터)
판　　　　매	(주)소미미디어
전　　　　화	편집부 (070)4164-3962, 3963 기획실 (02)567-3388
	판매 및 마케팅 (070)8822-2301, Fax (02)322-7665

ISBN 979-11-384-8086-4 04830
ISBN 979-11-384-0312-2 (세트)